听你的

Follow Your Heart

张皓宸 作品

Follow Your Heart

听 你 的

Contents　　　　　　　　　　　　　　　目 录

前言 006

article_#01 晚安，另一个我 009

article_#02 白日老梦想家 017

article_#03 想飞的候鸟 025

article_#04 相见恨早 033

article_#05 你的世界雪停了 041

article_#06 软柿子的告白 055

article_#07 单身的快乐你不懂 063

article_#08 小船 071

article_#09 偷声音的人 081

Follow Your Heart

听你的

article_#10 公主斗恶龙　091

article_#11 没有第三者的分手　099

article_#12 人生假发店　107

article_#13 人类不懂我们的浪漫　115

article_#14 冥王星被开除的那一刻　123

article_#15 下面是机长广播　131

article_#16 退休函　141

article_#17 青春滞留中　149

article_#18 请来打扰　159

article_#19 暗恋时代　167

article_#20 跑着去远方　173

article_#21 再见啦,读者们　181

article_#22 我们别来无恙　189

article_#23 广岛信号之恋　197

article_#24 老模特　205

article_#25 记忆清除系统的通知　215

Perface
前言

Dear you:

展信佳。

我们或许刚刚才认识,也似乎认识很久了。翻阅一本书的缘分,犹如有人在夜空里摘一颗星。星子入眸,感谢每一次的抬头凝望。

时至今日,《听你的》仍是我所有出版物里最特别的一本。读者们将借由不同人物视角,以书信的形式进入故事。

这几年间,外面的世界和我的内心世界都已发生巨变,得以有机会再版本书,我选择将全书进行修订,这也是我第一次如此大规模地对自己过往的作品进行推翻和重建。从第一个字到最后一个字，有大量删减和新增，篇目扩充到二十五篇，落笔后的文稿字数提醒，几乎多写了半本书。

我太喜欢写信了，当心流的阀门被打开后，情绪就停不下来。

除了文字部分，图片方面也增加了几十幅于世界各地拍摄的作品，并重新设计成独立别册，兼具收藏意义。

创作这本书缘起于一次旅行，当时我身处中国台湾的一处创意园内，看到一个与自己母亲同龄的阿姨，穿着蓝色冲锋衣，坐在院子口写生，我不敢上前打扰，就站在玻璃门后看了她许久。

如此特别的阿姨，我好奇她为什么喜欢画画，有怎样的人生经历，如果她也有一个像我这样的孩子，也刚过了退休的年纪，她会和孩子说些什么。

带着这些疑问和想象，我以"作画母亲"的身份，给她的孩子写了封信。身份视角的转变让我的思维从"我"变到了"你"身上，不敢说完全做到了感同身受，但也实实在在体验了不同人物的情感。

我喜欢坐在街边观察行人，想象他们的交谈，生活中看到的很多新闻报道也成了这本书的素材，所以这些信件的主角，超越了性别、年龄限制，甚至还有很多非人类的设计。

二十五封信,是众生的心里话,也都是我们每个人自己的人生切片。

站在别人的视角,我写原生家庭,写爱而不得,写独立自信的女孩子,写生死,写不讨好,写连我自己也快失去的勇敢。

这些都是我借用他们的身份,对这个世界的告白,或许正好也是你最想说的那些话。

书名用《听你的》,很轻巧的一句回复,世界的组成在你一念之间,在你一个眨眼间。

那个"你",其实就是自己。

如果你有很多犹豫不决的问题,这个书名就是答案。

外面的声音太吵了,我们早已对自己失焦,习惯认真、友善、讨好地听外面的声音,但你有没有好好听自己一次?

听从己心吧,你可是那个摘星星的人。

From

张皓宸

article_#01

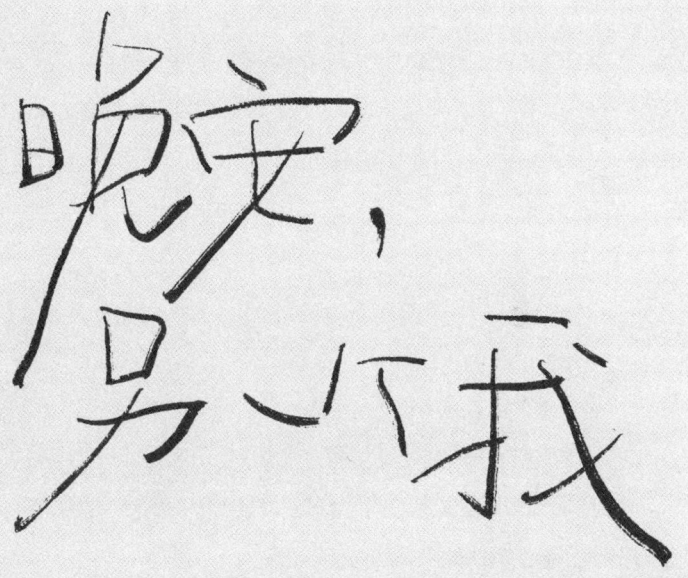

晚安，另一个我

现在是午夜十二点,你应该睡了吧。

印象中你一直都循规蹈矩的,青春期时不爱说话,身上没有任何叛逆留下的痕迹。要不是书架上那一整排漫画书证明你年轻过,你还真的像个未老先衰的无趣大人。

早睡早起,三餐按时吃,没有旷过课,上课时想去厕所都不敢举手。别的男孩子翻过学校的围墙,去对面街道寻乐子,你也就眼巴巴看着。

有些围墙小时候如果没有翻过,大了就更不会翻了。

你的大学也在家乡,那是你第一次住校。不会自己洗衣服,不习惯用蹲坑的洗手间,寝室的木板床翻身就有声响,夜里辗转难眠，一辈子想家的额度都在头一周用完了。

你被室友嘲笑，说一看就是涉世未深的少爷。

我懂你，从小被家人照顾着，不仅是生活，面对这个世界时，难免少了些约定俗成的能力，但大作家木心说了，天使不洗碗，更何况你的世界不大，住进来的都是你在意的人，所以不需要世故，不刻意经营。

那个时候，你每周都回家，辗转坐两个小时的公交车，你喜欢坐最后一排靠窗的位子，戴着耳机听歌，不被打扰。城市街道的景致在窗前肆意铺展，公交车就像是一只飞跃在城市半空的巨大鲸鱼，你就坐在它的肚皮上。这种安定，能让你感觉到世界是自己的。

你是一个念家的小孩，否则也不会大学毕业后，还是决定留在父母身边。

你父母具体是做什么的我不太清楚，大约是在国企单位，家里的亲戚都在同一个厂房里，工资待遇不会太高，但有保障。你身边的朋友，毕业后大部分都回了厂里，你也是。听你父亲说，小地方有小地方的好，人干净，活着不累。

你一开始手足无措，狭窄的工位放不下多少东西，更何况毕业后那一丁点的少年野心。同事之间一整天死寂，偶尔有人开启聊天话题，都与儿女情长有关。

原来人们拼命工作，只是为了婚前练习。

你趴在桌上小憩，心想着身下这张板材桌子就要陪伴自己接下来的半生，难免沮丧。小时候看过的漫画书里，每一章都是未知的冒险，穷尽一生的浪漫，就是不回头，不停留，向前奔赴。而在这里，似乎只能看到复制粘贴的日常。

好在你认识了一个戴眼镜的兄弟，他在隔壁组，出了名地爱闹腾，你俩一动一静，很快成了看似最不可能的朋友。厂房后有个废弃的游乐场，夜里太阴森没人敢去，你俩就当作秘密基地，靠着断了半截身子的雕塑吃烧烤。眼镜说，跟大起大落比，他比较习惯平庸，前者每天都提心吊胆，后者能看见烟囱的烟，闻见饭菜的香，见证一片树叶是怎么变成落叶的。

后来这一年，你的工作有了明显起色，被某个中层领导看在眼里，他委你以重任，让你去重庆出了三个月的差。回来的时候刚好碰上厂里职位变动，你做好了升职的准备，但大会上通报的人，却是戴眼镜的那个家伙。

听说这三个月里，他整日跟中层领导混在一起，看人下菜碟是他的本事，远近亲疏靠嘴皮子就能加成。你对这种能力唯有羡慕，空记恨。

那晚你喝醉了，回家没忍住，抱着父亲哭。你不明白啊，小地方的人干净吗？父亲肯定地道，这还不干净吗？心眼子长脸上，一两件小事全能给测试出来。

人与人之间的关系像是一幅拼图，如果知道缺了一块，不必等到最后验证，在投入更多感情和时间之前，及时止损，别拼了。

眼镜当上了主任后，你们来往就少了。往后这几年，你踏踏实实接受自己的平庸，靠你那点笔杆子功力，给厂长写发言稿，最后调去了厂办公室搞文案工作，认识了那里的女孩子，谈了两年就结婚了。

我们同岁，现在的我还在为事业成功与否计较，就如何提高生活质量不停在脑内奔波，消耗身体，锻炼情绪。而你可能明年就要抱上小孩了。

我的生活你也看在眼里，不知道你觉得我过得好吗？

可能在大部分人看来，我是幸运的，依靠写书这件事，我站上了一座小小的山头，已经可以呈现一个俯身看世界的姿态，嗅到充沛温润的空气，与理想生活相敬如宾。

但是好奇怪，我们明明游览了不同的展览，却收藏了很多相同的孤独。

表达和分享成了我的日常，但我骨子里却吝于分享。很多感受在当下已经形成闭环，不需要再告诉全世界，无论是社交媒体上的一则贴图，还是非虚构的一段文字，发出去就成了公开的心事，被人欣赏的同时，也失去了一部分自由。年纪可以养心，但我还是会时常陷入流量的自证，书卖得好坏，社交媒体点赞的数字，凭空而来的欲望，与自我百般斡旋，并不轻松。

这些年我记得最深的一句话是："于可能中做事，于不可能中作故事。"

我做了好多不可能的事，所以做不了一个普通的人，只能学会麻痹自己，用轻松的口吻，成为一个说故事的人。

比起你，我最大的收获，可能就是人生体验吧。我正在努力成为那个看见世界真相，仍努力爱它，并无限靠近浪漫的人。

在很多个同样的夜里，我挺羡慕你的，羡慕你可以普通地过平凡的生活。人间其实有好多巨型游乐场，有人去过很多，有人一辈子就只待在自己熟悉的那个乐园。挺好的。没有出去过，不亏，毕竟很多走出去的人，一些在半路折返，一些经历了很多次或大或小的死亡。

我现在的世界很大，也遇不上眼镜这样的人，因为大多数人把真心话烂在肚子里，算盘永远在你不知道的地方打得很响。你不知道他的笑代表着什么，你也不知道他身后藏刀，是为了保护你，还是在必要的时候向你刺上一刀。

但这只是次要的，或许生活安排你遇见的每个人，都是对的人吧，无论他们带给了你快乐还是疼痛，都是旅行纪念，人生这本护照，就是用来盖戳的。

宿命论的思想说，发生的每件事，都是唯一会发生的事。我不去深究它，科学上的辩证，交给量子力学。我只想借此面对一件事的发生，尝试着不去问为什么，而是选择接受。有些你长久以来对抗和敏感的东西，一旦接受了，反而就消失了。

人的大部分痛苦，一半是过度的渲染，一半是自我的强加，那些矫情的负面情绪，只是时间车轮下毫不足道的微尘。

很多事情是没办法让我们知道了答案再做选择的，如果人生能被剧透，我真的不知道，我会选择成为你，还是成为我。

但是你看，无论做哪种选择，都没有最佳方案。美好伴随着疼痛，声势浩大的日常，姿态都疲惫。人们在选择之初徘徊，选择之后生悔，是因为总想规避遗憾，渴求极致的好。可是亲爱的，此世已经生而为人，以命运对赌的神明，又岂能放过你。

那年毕业，你决定留下，我决定去北京闯一闯。父亲陪我登上北上的火车，轨道喧嚣的烟尘中，我看见站在月台上朝我挥手的你，原谅我没有回以你同样的热情，我好怕对你说了"再见"，日后真的会灰头土脸地滚回家来。

我现在过得挺好的，希望平行世界的你，也能很好。

我们共享同一个宇宙，同一段历史，这一路跋涉，如果遇到不顺，就互朝彼此的世界看上一眼，做个比较，然后拼命念叨：我不会输给你，我不会输给你……我想让你知道，即使全世界的人都遗弃你，但是我爱你。

祝你永远善良。

From
在北京的另一个你

article_#02

白日光梦想家

你肯定想不到，今天我画得有多成功，就画了三个小时。因为下雨的关系，画里冷色调居多，庭院的水泥路都合着零星的花草用绛紫色盖过了。总计超过十个路人给我的画拍照。还有一个小伙子，隔着玻璃窗，躲在我身后拍，我想他心里一定觉得，这真是个才华横溢的阿姨。

本想拍个照发微信给你的，但怕我的作品太优秀，让你工作分心，就等你空了，咱们打电话再说这件事吧。绝对不是不忍心打扰你，你知道的，我一直都是个特别自我的母亲。

当年生了你没俩月，你爸就自考去北方念大学了。你爸那精瘦身材一直让我迷恋，谁想到两年过去，我们在老家的栈桥上重逢，我愣是没认出他来。倒是你，撇着小嘴咿呀叫唤。看着胖了三十公斤的你爸，我回去哭了一路，罚他一个月不许吃主食，不瘦下来就离婚。

天不从人愿，你爸带着脂肪一路高升，混成了中层领导，逢年过节家里就有吃不完的巧克力和堆成山的酒。老天爷是公平的，没收他的颜值和身材，还了我一棵摇钱树。过去我总是看不上他，有时候否定一个人，可能只是因为我那天心情不好。格局还是小了。

原谅他了，人这一生啊，可以跟很多人过不去，但不能跟钱过不去。

中学那几年你长本事了，成绩差不说，也没混成一方小恶霸，整日给其他人欺负。性子内向，不爱说话，偏偏鬼点子多。班主任让你请我去开家长会，结果你偷偷用信纸拓我的字体，给学校写了封长信糊弄过去。班主任在课上将那些没请家长的小孩数落了一通，说要向你学习，家长没时间来，还专程写了封道歉信。

这还不止，你把期末成绩单上的分数用改正纸盖着，再去复印店印了一份山寨版，自己填上高分给我签字。别问我怎么知道的，你班主任给我打电话的时候，我还帮你圆了谎。主要是我比较爱面子，我自己的儿子，我还不了解？不坏，就是有点笨。资深的笨。

高考那年你良心发现，往死里背书，深度热爱学习。那年咱们家这边难得下大雪，我想带你出门，你挂着俩黑眼圈，郑重其事地说："要备战高考。"我说："高考年年有，大雪可不是哟。"我发誓，我真的觉得你辛苦，想安慰一下你的。没别的意思。

谁知道一语成谶，你真复读了一年。

第二年你还是没考上理想大学，放榜后跟我们生气，填了个离我们最远的志愿。你别扭着喊："要继承爸的传统，一路向北，离家远远的。"

你什么都可以学他，但是别学他狠心。狠心到在你离开我第一年，他抽烟就抽出癌了。以前嫌弃他胖，等他那么大吨位从床上消失的时候，我就睡不着了。好不容易入梦了，又总错觉身边的床陷了下去。

你说你爸是不是根本舍不得我啊。他老长白发，打折的时候从超市买的两罐染发膏搁到现在一直没用呢，会不会过期了啊。

那时妈妈好痛，从今往后就要变成每天悼念他的人了，再也见不到他了。失去生命中重要的人,就没有未来了,有的只是余生,余生是什么意思,就是用来倒数的。

你爸走后很长一段时间,我过得都不好,但没跟你说,因为我知道你也过得不好,事业不顺利,领导不器重你,生活上也有压力。你辞了职,回来一躺就是半年。

那半年我们没少吵架。你说我怎么还像以前一样拿你当孩子,怪我太关注你,没有自己的生活,说我什么都不会,只会絮叨。我当时都忍了,你怎么说我都不回嘴,只要你别走,你在家还能冲我发发脾气,在外面谁理你啊。

你创业成功后,回来给我讲了好多新的东西,还买了好几本老外的书,什么《秘密》《不抱怨的世界》《西藏生死书》……让我放在枕边,熟读吸引力法则,拥有钝感力和被讨厌的勇气。

你说我在你小时候说的一句话影响了你——够不到桌子上的菜,就站起来。因此你在低谷时变得主动,不被别人的言行左右,听从己心。太在意别人,有时候就会用别人的错误惩罚自己。

我突然觉得自己好伟大,让你站起来够菜,是因为我给你夹着累,真没想那么多。你们语文卷子里那些阅读理解题目的作者本人,应该跟我有同样的心情。

我认真读了那几本书,但常读到一半就睡过去了。我的朋友圈签名现在都是"要求、相信、接受",做不到学以致用,至少学习的态度是很恳切的。

我相信吸引力法则,毕竟我这辈子最大的吸引力,就是认识了你爸,然后生了你。

后来啊,我提前退了休,你的事业越做越好,回家的次数也更少了。我算过一笔账,我今年五十一岁,一辈子没做过亏心事,老天爷勉强能让我活到八十一岁,能再陪你三十年。其实一年见一次,也就三十次,还不算意外情况。

我每次跟你见面、打电话的时候话多了点,只是想争取些时间,毕竟我也是第一次度过我的五十岁,第一次体验可怕的更年期,所以有时候我拼命找话题,结果找啊找就落到结婚生子上。话不投机半句多,你不爱听,提起这些,你就不乐意,说与我三观不合,说我是"下头"母亲,跟你是两个世界的人。

我特别讨厌我自己,浪费了我们的时间。

这一辈子,我们管教你,不一定是我们大人对了,大人也可能犯错，只是我们从来不和孩子说对不起。

也不知道在逞强什么。

车间的姐妹因为几百块奖金的事，跟我闹掰了。现在大部分时间我都一个人，但一个人挺自在的。前阵子学会了看电影，只要新上映了片子，我就买打折票去看，总能撞上几部你也看过的。这样打电话的时候就有话题可以聊。

还有，看你朋友圈经常发跟朋友们喝酒的照片。有些话说多了你又嫌我唠叨，我只想让你长个心眼，对身边的人切莫言深，偶尔提防，真正的友情走脑走心，肯定不伤肝。

我也没那么闲，整日关注你，主要是听说朋友圈可以分组，你最近朋友圈发得少了，我就想知道你是不是把我屏蔽了。

又扯远了，说回画画。我最新画的这个庭院，是你小时候常来玩的地方。此前废弃了好几年，现在改建成创意园，好多小商小贩进来开店，我没事就来这儿画画。画画这个技能也是我偶然发掘的，一开始是用那个填色书，后来就自己打底稿上色，然后又无师自通玩起油画。我觉得我比那些科班出身的人厉害，天赋异禀，主要体现在对色彩的拿捏上。那些专业人士下笔都谨慎，我什么颜色都敢用，没包袱就是这些画最好的包袱。

可能今后你想回来都见不着我了,因为不出几年,我的作品应该就可以走出国门了,做个巡回展览什么的。所以你也放心,我虽然是野草,但是坚韧,无论什么环境都能生存。我总有你看不全的实力,不然怎么做你妈呢。

我看过的世界没你的大,但懂的道理与眼界无关,而是看你放下过几次。我这一生,拿起的不多,放下太多,放一次就痛一次,痛一次就重活一次。

有时候你觉得自己努力很久,结果白费力气回到原点,生活轨迹看似是抛物线,总是起落,但人生其实是个螺旋上升的过程,你以为落回去了,但已经往上走了一大步。

你在外地工作,勿念,念着我也没用,我都好。

春节早点回来,不是我想你,而是我的时间不等你。

From

白日老梦想家

article_#03

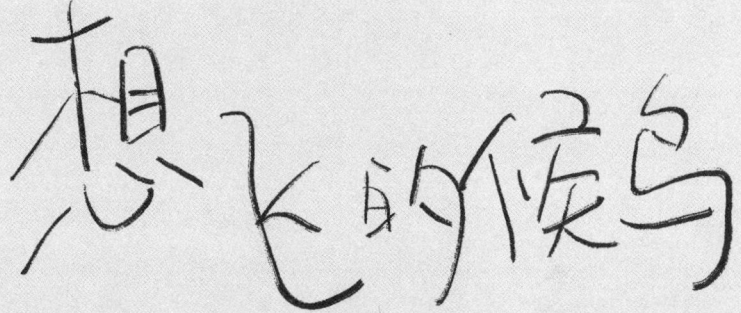
想飞的候鸟

我是一只名为白鹳的候鸟,能活将近四十岁的长寿鸟类。每年春天,我们会选择一个气候宜人的目的地短暂停留,同时,身为候鸟,到了冬天,也会跨越南北半球,向暖迁徙。

对这座小镇的第一印象,是有山有水,居民很热情,会给我们准备新鲜的鱼。第一次见你,是恰巧落在你家屋顶的那天。你从不远处开着一辆浅蓝色的老式汽车回来,戴着银质老花镜,头发花白,石灰色的针织外套下是有点发福的肚腩。

见你第一面,还觉得你就是个无聊的老头子,深居简出,没什么兴趣爱好。你独居多年,老屋里装饰陈旧,很多物件都生了锈。客厅的墙上挂着唯一的照片,上面是一位裹着头巾的年轻女子,偶尔听你与她说话,有时喝了点酒,竟对着这张照片流眼泪。

人类真的很奇怪。

直到你把玛丽安娜从副驾上抱下来。

我看到了她。就凭这一眼，再多美好的词语此刻都不足以形容。

玛丽安娜是一只断了半边翅膀的白鹳，翅尾处有一撮别致的黑梅花羽毛。女孩子心口不一，适时的冷漠是保护自己的壳，她起初不让我靠近她的窝，待我唱歌、扮鬼脸一系列逗趣后，她才同意让我靠近她几厘米。玛丽安娜告诉我，她的名字是你起的，来自你最喜欢的电影《西西里的美丽传说》中女主角的名字。

那时玛丽安娜的翅膀被猎枪击穿，好在被你悉心照料，虽是保住了性命，但再也无法飞翔。到了冬天，她只能仰头看着同类成群飞向南方。她失去了曾经的伙伴，变得孤身一人。

你像能读她的心似的，在屋顶和室内的房梁上都搭了窝，天气暖和就让她安心住在外面，渐冷时就把她带回屋里取暖。你用一台 DV 记录她康复的情况，没事就带她开车兜风，有你的庇护，她心上的伤口也愈合了。

我没想过这一生能找到这样一位红颜知己，抛出的话题她能恰到好处地回应，她没说出口的话，我也能听懂。

我不曾知道恋爱的魅力，大概有一天开始，我愿意为她多看一眼月亮，愿意把我翅膀尖的所有日光都给她，能听懂你与屋里的照片聊什么，我就无比确定，我爱上她了。

我们很快坠入爱河，也很快被你发现了。起初你总是赶走我，看来玛丽安娜随主人。我好歹也一表人才，怎么在你们眼里竟像鸠占鹊巢的土匪？在我咬坏你三把笤帚，啄断你两架木梯后，你妥协了，索性也让我在屋顶住了下来。

玛丽安娜是个内敛的女人，恋爱了也不爱表达。她腿脚不方便，我便去不远的水塘里给她捉鱼来，这样一来二去，你终于看出了我们的关系，露出慈父般的微笑。

自由恋爱万岁，你扩建了我们的窝，还给我起了个名，叫大 K。

日子一晃而过，我们很快有了自己的孩子。体谅我捕食的压力大，你做了个小篮子，帮我们添小鱼，还用 DV 记录下孩子们的成长，做成纪录片，邀请镇上的居民来家里看。你变得越发外向，关心我们的人也越来越多。直到夏秋翩然而过，我们的孩子长大陆续离开家，有了自己的归宿，最终又剩下我与玛丽安娜相依为命。

我早明白，人生是经不起计算的，人来人往，这是所有动物都会经历的过程，树有年轮，人有皱纹，在第一次遇见和最后一次告别之间，留下的收获与遗憾，只有自己知道。

我正在这种无常里想得稍有眉目时，天气突然转凉。某天你爬上梯子，一脸沮丧地看着我们。我当时没有理解你的不安，直到小镇各地的同伴们在天上腾起，我才知道，终究与你们人类不一样，我们还是要面对身体迁徙的本能。

抵抗不了磁场和基因，我必须走。

玛丽安娜在我身边的时候，她就是整个世界，她不在身边的时候，整个世界都是她。

我在南方倒数着日子，看山上最后一片雪融，守着山谷第一朵花，只要有一点开花的迹象，我就伸展翅膀朝来时的方向飞奔而去。路上听得最多的歌是"我为你翻山越岭，却无心看风景"。

六千多公里的路程，跨越陆地与海洋，我老远就看见屋顶上的玛丽安娜。我故意没直接朝她飞去，而是去旁边的篮子里衔上一条她最爱的小鱼，作为重逢的见面礼。

但她见到我，竟然没有一丝惊喜，反而像初次见面一样，扑扇着半边翅膀，将我驱逐出她的领地。这是什么该死的失忆情节，她忘记了我。不是我们白鹳的记忆力差，而是她那次九死一生落下了病根，记忆无法储存，只能维持一年。

我疯了似的在空中盘旋，出了一身汗。痛定思痛，我降落到她身边，引吭高歌，张开尖嘴扮鬼脸，咬掉自己的羽毛逗乐她。

如果我们变陌生了，那就重新认识。

很快地，她再次爱上我。

你趴在梯子上，来回打量我许久，直到我与玛丽安娜把头围成心形，你才瞪眼大喊："大K回来了！"

在接下来的很多年里，我重复上演着相同的剧情：每年秋末，跟随最后一批南飞的鸟离开这座小镇；次年三月，再跟着第一批鸟准时归来。在家的方位，有两个让我牵挂的人，一个是你，一个是我爱的玛丽安娜。

其实这过程从未与你细说，路上的恶劣天气与风声凄厉的黑夜已是常态，后来我因为晚走早归，无法合群，常会遇上天敌。后半段路，总带着一身伤。

离开玛丽安娜的第二年，我就掉队了，那年我听的歌，变成了张震岳的"当你在穿山越岭的另一边，我在孤独的路上没有尽头"。

曾经有同伴问我，每次离开以后，她忘记我，爱就消失了，为什么我还要为这段关系拼命。我真的认真思考过这个问题，后来想想，先不管她，我能确定的是，我爱她，爱就是一种能量，出鞘的剑，射出的箭，端上舞台的钢琴，忍不住收不了了。我们一生一定会遇到很多人，但总有个人，是我怦然心动中，爱到的最尽兴。即便她不知道每年有个男人在拼命飞向她，但风会知道，天气会知道，宇宙会记录我们的故事。

我们的故事很快传遍了小镇之外的世界，每年都会有好心人准备各种小鱼等着我长途跋涉归来，特别像守在学校门口等待小孩高考结束的家长。大多数人与你一样，骨子里都是善良的，但总爱用金钱衡量感情，用利益交换关系，忽略了愿意给你时间的人，才是最值得珍惜的。

每年三百六十五天，我们都要经历整整一季的异地恋，加上我往返的时间，几乎要分隔半年之久，但我坚持了十六年，即使每年都要跨越两个半球，飞翔一万三千多公里。

异地恋和失忆症对我都不算阻碍，我只知道有个很好的女生在等我，我们在等待着相爱，如果有人跑过我，我就绊倒他。

遇见合适的人不难，难的是遇见动心的人。合适，总有退而求其次的意味，而动心，源于一场天时地利的巧合，那天天气晴朗，耳边有风。我们都太爱自己了，所以爱别人都小心翼翼，这辈子很长，我们可以想尽办法绕地球好几圈，却不容易遇到心心相印的人。

每次想到要对玛丽安娜说"我爱你",我就瞬间有了飞翔的勇气。

按照你们人类的计时法,我已是老年人了,所以在今年这场暴风雪里,没看清对面高耸的雪山,不小心撞到心脏后,就怎么也飞不动了。我被同伴安置在半山的洞穴里,含着泪,面向北边。

这几天总是做梦,梦里是第一次到你家的情景,见你开着老式汽车载着玛丽安娜回来,我想一直留在梦里,但我是有骨气的白鹳,而不是把头埋在沙子里的鸵鸟,不能逃避一定要面对的问题。

还记得我前面提到的同伴吗?他与我年纪相仿,大概有我百分之九十的英俊挺拔,从小跟我一起长大,信得过。有些故事,人没了,但感情必须在。

因为玛丽安娜在等我。

我会让他先去旁边的篮子里找小鱼,再去给玛丽安娜唱歌、扮鬼脸。我算了算,他可能会提早一周到,如果有邻居怀疑,你就说,不会错的,那个放鱼的地方只有大 K 知道。

From

每只白鹳都是大 K

article_#04

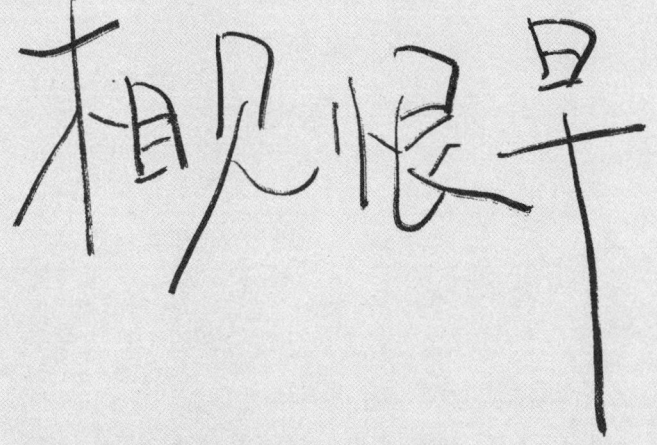

相见恨早

她是我店里的常客,你们知道的。

我的日料店开在城中心最新的商场里,门脸不显眼,除了个纸糊的灯笼,就只有一扇木门,不注意看,几乎就会略过。我是店里唯一的厨师,只做套餐,四季的菜单由我的心情以及当日新到的食材决定。

一周七天,她六天都来店里,有时吃我菜单上的套餐,有时就只点一份金枪鱼泥饭。实话说,这是我们店里不允许的,但她比较特殊。

她喜欢穿三宅一生,每次穿的款式都不重样,四十岁,身材保养得当,那些褶皱的设计在她身上更显灵动。她不施粉黛的时候，眉毛是古式的柳叶眉，皮肤透亮，眼角虽然有斑，但符合这个年纪的韵味。

她都是独自来，喜欢坐在板前，两次喝完一整瓶清酒，自斟自饮，直到眼神迷离，看我们每个人都笑。她是作家，还是个导演，听说那部在台湾拍摄完成的小成本电影，因为资本问题，还在迟迟后制中。晚餐后，她常在角落写东西，电脑的白光打在她脸上，她偶尔挠挠头，偶尔咬起下唇寻思灵感，特别好看。

天气好的时候，她会给我们带礼物，小到零嘴点心，大到耳机音响。她也没一点文人包袱，直言是客户送的，留着占地儿。礼尚往来，我也常多给她送一份鮟鱇鱼肝，毛蟹多两只腿，最后再送上静冈的蜜瓜。

大家都很喜欢她，当然包括我。

喝到微醺，她一只手转着发丝，抬眼冲我低语，小声得像在讲一个秘密。她说，好不容易找到一家喜欢的餐厅，如果不能让整个餐厅的人喜欢她，那是她没有魅力。

有件事必须向你坦白，我厨房里有一些来自日本长野县的山葵，短短一根就要几百块钱，用鲨鱼皮磨的时候会有香味出来，与那些常用的山葵做比较，色泽翠绿，颜值上就胜一筹。但只有她来的时候,我才会给她用这种山葵。

她问我,为什么能把金枪鱼泥饭做得那么好吃。其实就凭着它。将烤过的金枪鱼和蟹肉铺在焗饭上,再上一点蟹膏和鱼子增加口感,最后加上这种山葵,拌匀。大口塞进嘴里,入口是自然清香,然后是一丝辣味,最后带着回甘冲入鼻腔。

她说,这道饭有故事,让人回味。

这道饭我做了快三十年。

我出生在山东即墨市,自小家里就有个渔场。十几岁的时候,我向家里要了笔钱,毕业就去国外流浪了。那时岩井俊二还没拍出《情书》,小樽的雪我也只在画报上看过。几经辗转,有幸跟小樽的寿司大神学做寿司。那个年代,当地没什么中国人,我用半年学会基础日语,一年学会握寿司,靠自己扎下根来。

前三个月,师父只让我去屋外揉雪,在冰桶里握冰,手掌冻得锥心,整只手的皮肤都硬邦邦的。后两个月,他让我与每一条鱼聊天,给它们做按摩,一整套流程走下来,才有握寿司的资格。

那时店里只做寿司,我闲不住,独自研发料理,用荷兰烟熏芝士配河豚,在扇贝上撒喜马拉雅岩盐,用紫苏梅子汁搭配鳕鱼白子，以及用山葵做佐料，拌金枪鱼泥饭。师父是匠人，始终没让我把这些多余的自研料理端上台面，我只有趁他不在的时候，偷偷挂出隐藏菜单。

而后的几十年，我去东京学过厨，在香港也开过店，最后选择回国，可能还是想家。每天浸润在料理台前，被沉定安静的异国文化洗礼，以至于习惯了这种一个人的柴米油盐。出走半生，归来成了独身的中年。我的店名里有个"宝"字，大家都叫我宝哥，或许我最宝贵的，就是把这半辈子的辗转，做成一道道料理，留给有心人品尝。

她问过我一个问题，为什么做寿司的师傅都是男性。我说，因为男人对鱼生克制，女人容易带私人感情。她呛我，不要与作家玩比喻。我老实回答，因为女人手心的温度相对于男性要高一些，所以在捏寿司的时候，鱼肉容易变味，并且我们为了保持低温，要一直摸冰……

她打断我，说："你还是玩比喻可爱一点。"

我以为写故事的人身上都是经历，她却笑着说："大部分都是偷听来的。"只要端着电脑在一家餐厅坐上一天，周围人来人往，一定会收集很多故事。一个提出分手的女生和另一个还爱她的"妈宝"男；一个前脚还说着坏话，当事人来了之后立刻变脸的公司同事；一个刚挂掉妻子电话，回头就给旁边的小女生送项链的中年男人。

城市冰冷，人们的情感让建筑升温。但一处处温床上的男女，看似热络，其实都太寂寞了。每个阶段都有不同的迷思，他们彻夜失眠、脱发、早衰，习惯了最好的相遇，却从来不会承担热情冷却的责任，更不敢认真告别。

她说了很多别人的故事，但唯独漏掉了自己的。她不说，我不问，这是我做厨师这么多年，与客人保持的最佳默契。

昨晚，她又是最后一个离开的。

她反常地喝掉了一整瓶清酒，明显已经上头。她拽着我，非要我再给她做一碗金枪鱼泥饭。后来那碗饭她只吃了两口，情绪有些波澜，她说她明天就要离开北京了。

临走时，她送了我一条红色的Dior（迪奥）丝巾，我见她站不稳，试图扶她，她朝我摆摆手，说叫好了车，就在楼下。

我伸出的双手在空中凝滞两秒，无处可去，只得顺手在围裙上擦了擦。

她扶着墙跟跄地推开木门，离开前突然回过头，问我："你知道我为什么爱吃金枪鱼泥饭吗？你做的饭，跟我小时候

在日本吃过的一家很像，那时我失恋，有个小师傅做的这碗饭治愈了我，他……很可爱。这段时间，麻烦你了，ありがとうございます（谢谢）!"

有句台词怎么说的，说人生无悔，那都是赌气的话，人生若无悔，那该多无趣啊。人生若没有遗憾，又怎么有勇气把自己照顾好呢。

等她走后，我小心翼翼地把丝巾系在工作台的柱子上。从她第一次出现在店里，我就认出她了。记忆被拉扯回在北海道的那些年，这个在我板前哭鼻子的女孩，我还以为是我做的金枪鱼泥饭感动了她。

思来想去，应该不会有比现在这般更好的温柔了。

掌心突然很凉，像刚揉过一团雪，于是我转身选了一瓶舍不得喝的酒，它有个好听的名字，叫"而今"。

嘿，今天你们有福了，老板开心，全店半价。

From

一眼万年的宝哥

article_#05

你的世界
雪停了

你很久没有回家了。

昨晚你突然回来，风尘仆仆地站在门口。母亲穿着臃肿的棉质家居服，双脚架在茶几上，见你回来，扔掉手里的瓜子，躺回沙发上。你质问道："电话里说你心梗进了医院，故意的吗？"母亲蹙眉叫唤："我确实心口不舒服，不用这样的方式，你是不会回家的，就算我死在家里，你也不知道。"

外人眼中，你应是个不孝顺的女儿吧。谁都可以这样评价你，但你母亲没有底气，她的车是你给买的，那些漂亮的首饰和包包是从你那儿拿的，说是请保洁，给家里添置物件的生活费，我可以做证，都被她自己吃喝玩乐、打麻将挥霍了。

你是个漂亮姑娘，这点要承认，的确源自母亲的基因。她年轻时是镇上的镇花，伶牙俐齿，家里又是做旅馆生意的，风头无两，好多年轻男孩追。不夸张地说，隔壁镇子的年轻人为了与她交好，专程花钱过来住店，对一切与她有关的事都心向往之。

二十岁刚出头，她忽得怪疾，入了夜就浑身发烫，久卧不起。南城的算命先生告诉她，要找个八字全阳的男人结婚。她父母在镇上到处打听适合的八字，找到你父亲的时候，他还只是个小木工。一个天降的媳妇，还是街知巷闻的美人，你父亲没有理由拒绝。他们很快成婚，荒唐的是，没几日，你母亲的病竟真的好了。

她与你父亲的结合，与爱情无关，只是一场天时地利的迷信。

婚姻给你母亲的照拂，只是个虚假的空壳，她绝不会因为多了一个妻子的身份而脱胎换骨。她仍然贪玩，不着家，与那些不着四六的年轻男人混在一起，成日喝酒，常常过了午夜才回来。你那入赘的父亲，没有任何话语权，轻声细语地乖乖伺候，生怕打扰宿醉的她。唯有的真心，他是真的爱你母亲。

但那个年代，身体和心灵都有可栖息的地方，无人在意爱。

她生你的时候难产，足足生了两日，你才肯出来。这也成了她怨怼你的说辞，说你是来讨债的，生你是报应。这句诅咒挥之不去，加之他们家重男轻女，对你的态度更是雪上加霜。家里没人愿意带你，几乎都是父亲照看，还不能过分关注，否则就会被她说他的心思全在你身上，不顾这个家。

　　你们的家庭影集里，多数是母亲孤芳自赏的艺术照，只有一组你百天的光屁股照片。有几张正面裸露着，其实很令人不适，你并不觉得可爱。因为你外婆在你出生之前就买好相机，要给她的宝贝孙子拍百日照。天不遂人愿，她也不想让天好过。

　　你父亲什么都听你母亲的，付了学校每个月的餐费，就不再给你零花钱了。小地方的人容易释放天性的恶，午饭常被一些男孩子抢了去，你根本没吃的，实在太饿了，哭着找正在麻将桌上鏖战的母亲要钱，她撇着嘴，数落你没用，不知道抢回来。有次嫌你碍事，大手一挥，钱掉在地上，她再没理会你。

　　你收起眼泪，弯腰蹲在地上，将几块钱捡了起来。

　　在那个年纪，要承认父母不爱你，比一个人走夜路回家，更需要勇气。

　　有一年春节，父亲给你买了条薄纱的红裙子，被醉酒的母亲直接剪坏了。她咄咄逼人说你骚，父亲终于忍不住，回怼她，女儿才几岁，怎么能说这种话。这算是父亲第一次反抗她。母亲傻眼，开始撒泼，觉得他爱女儿胜过爱她。

可是她怎么会需要你父亲的爱，她最不缺的就是爱，招摇着五斗杯盏，早已溺爱满溢。

他们那次争吵伴随着砸东西，屋里狼藉一片。你穿着单薄的内衣，跑出家门。

大年三十，北方的气温悬停在零摄氏度，你哈着白气，抱着身子在街上流浪。其实你期待这样安静又自由的时刻很久了。

内衣的兜里，藏着十块钱，那是你用捡了很久的塑料瓶换来的。路过镇上最豪华的精品店，你在橱窗里看见一个洋娃娃，好生喜欢。进了店才发现根本买不起，你在那个洋娃娃前徘徊许久，服务员睨着眼看你，你小小年纪，经不起审视，不好意思空手走，转眼看到了在旁边货架上的我。

我个头不大，挤在角落里，身上落满了灰，可能是天气干燥的缘故，球内的液体蒸发了不少。我的身体内有一座红砖小房子，轻轻摇晃，空中漫卷的雪花缓缓落在房顶上，温柔地包裹住小家。

服务员朝你走过来，你花了五块钱买下我，慌慌张张离开这家店。

我知道我是你退而求其次的选择，但很荣幸，可以跟着你回家。

你将我放在书桌一角，我们共同度过好几个四季，准确来说，我只是单方面地陪伴，你很少摆弄我。我身体里的小房子是你望而却步的标记，越是盼望的，就越证明缺少。

很多时候，我与你母亲待在家中，他们家的旅馆生意没做下去，她也不工作，靠家里的积蓄苟且。其实有件事你不知道，我很早就见过你的继父。母亲带他来家里的时候，你父亲撞见过一次，但开了门锁后，只能呆愣着站在门口，敛声屏气地观察屋里的动静，连往前走一步的勇气都没有，而后退出去，轻轻掩上大门。

那朵花早就不香了，有些人还在低头闻着。

多年前同样掩上的，还有他并不值钱的自尊。所以这种男人，也不怪他会放弃你。他们离婚后，你跟着母亲生活，像是从老家搬的旧家具，顺带着搬进她的新家庭。

他们结婚第二年，你多了个弟弟。他刚出生的时候八斤六两，同样费力，但母亲没有一声怨言。盲盒开出了宝藏男丁，家里所有人都围着他转。

这些年，你从未吃过一个属于自己的生日蛋糕，强迫自己懂事，帮着父母照顾他，凡事要让着他，一整条鱼，只能分到刺最多的部分。你漠然平静地关注着他的成长，竟落得与我一样——一个被遗忘在角落的水晶球，在自己的世界下着雪。

关于家的概念，如同被冰封的小房子，埋入大雪之下。

你没上大学，高中毕业后在理发店打零工，没活的时候，翻看店里的时装杂志。你对画报上那些模特的妆容很感兴趣，对色彩敏感，用所有的积蓄报了个美妆学校。

在那个美妆学校里，你学会化妆，谈了恋爱，打了耳洞，你随意使用自己，要将那被束手束脚的自由，以成倍的方式拿回来。再次回到家，你已然变了一个人。妆容精致，口吐莲花，与亲戚们关系融洽，尽管你知道他们并不是真的关心你，但俯视他们，是你最好的报复。

那低劣的母亲，习惯在家里制造焦虑，在亲戚朋友面前表演家长，嫌你不务正业，找了个给人打扮的行当，扣帽子说你变坏了。这不过是你无声的示威，僭越了她的边界。

越是有外人在，她骂得越起劲。你不搭理，无声胜有声。酒过三巡，她实在没面子，当着所有人的面，扇了你的耳光。

那天夜里，你忽然凑近我，满脸是泪，月光衬着你瘦削的脸，似一块还未抛光的玉。你举着我来回晃，显然在思考什么。

思绪未消,你昏沉睡去,眉头蹙了一整晚。

第二天,你只身去了北京。咽下所有委屈,将自己武装成一个战士,用工作麻痹自己。有些人可以不用那么努力的,但如果不让自己忙碌,该死的回忆就会敲门。

你成了很厉害的化妆师,给很多大明星化妆,三十五岁那年,在北京拥有了自己的第一套房子。

母亲不再年轻,皱纹爬上了脸,做了再多美容也还是看得出年纪。她无法靠自己成为人群的焦点,你便成了她炫耀的资本。母亲将她的微信头像换成你的照片,朋友圈发的也都是那些你给化过妆的艺人,还学你的口吻,写着"妆发 by 我女儿"。她直接向你要钱,不时丢来链接,学会了年轻人的直播购物,但这一切,都要她孝顺的女儿买单。

久未回家的最高礼遇,是你在家楼下的面馆吃面,老板都会问你明星八卦,赞叹你会赚钱。母亲是你最好的私人新闻联播。

那个从来没有容纳下你的家,竟然多了很多关于你的存在。墙上的全家福旁挂了好几张你的照片,你小时候的卧室也为你空着,窗明几净,还给你换了新的床垫和四件套,是那种你小时候喜欢的粉色公主风。非常讽刺的补偿。

她总会摸摸你的头，仔细端详你的样子，夸你好看，你确实会为这样失而复得的温存感动，直到喝到她为你煲的鱼汤，你冷冷地放下筷子，说："原来鱼，是可以没有刺的。"

那个当兵退伍的弟弟，到了找工作的时候。问他喜欢什么，他说喜欢吃和做饭。母亲拜托你，让他跟着你去大城市见见世面。继父在旁边帮腔道："毕竟你们也是同母异父的亲姐弟。"你不客气地回他一脸暗箭，说："这还用得到你提醒吗?!"

今时不同往日，母亲也不敢对你饵声，场面一度尴尬。

你还是私下给了弟弟一个联系电话，那是你开甜品教室的朋友的。你打听过，男性甜点师很受欢迎。退伍的男孩子做甜品，有反差，挺可爱的，主要能让一个男人，学会温柔。

全世界应该都不理解你为什么会帮他。因为你记得，有一年弟弟生日，继父将奶油最多的那块蛋糕分给你，母亲半路拦截，埋汰你，说："干吗抢弟弟的。"那时才几岁的弟弟，将蛋糕推到你面前，牵起了你的手，说："姐姐对我挺好的。"

你必须承认，你太需要爱了。即使练就了独立的本事，亲手杀死了过去的自己，但母亲那些刻薄的话语犹在耳边，午夜梦回，仍能听见身体里的低喃。你看见自己趴在一个透明的塑料房子内，母亲上了门锁，你向那个失败的父亲发出求救信号，他装作听不见。

在我们心智成长的时候，很多认知的雏形来源于父母，这无形中影响着你，成了日后的魔障。与女性相处，不自觉带着对母亲的偏见，与男性相处，也会落入没有安全感的予取予求。正因为见识过卑微到尘埃的婚姻，所以发誓绝不往深渊里跳。

直到你遇见现在的男友，将一切业障打碎。他比你小八岁，但稳重成熟，用一切来爱你。究其原因，大概是与你家庭环境类似，他也是逃到北京的。你们就像两个幸存者，抱团取暖。

北京突降暴雪，天地褪色，雪花纷扬。绒毛般的雪花落在脖子里，又痒又冷，惹得人发颤，你们牵住彼此的手，决定结婚。

那次你回来，是来拿户口本的，也是第一次带他见你母亲。母亲嫌弃男方没钱，拿你们的年龄差做文章，她免不了寻找存在感。你们陷入争吵，男友心疼你，带着你离开。你哭了一路，不明白她有什么资格扮演母亲，千万不要告诉你，到了这个时候，她想散发母爱了。要知道，想要开始爱的时候，爱早就消失了。

　　那日你们走后,很久都没有回来。母亲也很少进你的房间,我的身上重新落满了灰,身体里的液体蒸发得只剩下一半,那个房顶的红瓦裸露在外面,溺水的家,终于喘了口气。

　　原生家庭造成的伤害,没有明显的伤口,只会不断让你在生活中承受各种情绪闪回,场景复现,你无从下手。有时只能修改自己的记忆,美化他们的形象,来证明你曾经应该被亲情拥抱过。可实际情况是,他们所谓的变化,不过是因为老了,身体机能变差,在你面前变得胆怯,他们只会给你带来永恒的负面体验。一场突如其来的霜冻,就足以让他们腰肢摧折,原形毕露。

　　你可以安慰自己,不计前嫌,反正你们相处的时间也就剩下这寥寥日子,但你必须承认,你想要的爱,从来没有光顾过。

　　此刻的你站在门口,一个小时前,你接到继父的电话,说母亲心梗进了医院。你已经很长时间没有回来过了。你放下手头的工作,放了合作艺人的鸽子,一路从北京开夜车回来,穿过茂盛的蒿草和石子小径,甚至闯了好几个红灯。你也不知道为什么要赶这段路，只是听了太多人新冠阳了之后，心梗离开的例子。你没做好送走她的准备。

但这一次，她还是成功地让你心死了。

母亲从一个凌厉的老妇人姿态，转变成她拿手的一副楚楚可怜的样子，泪眼婆娑道："女儿啊，咱们到底有什么仇什么怨，我辛苦把你拉扯大，我也不容易，你为什么不原谅我啊。"

你只是流了眼泪，没有回答她。

如果需要回答，三十岁的你会说，"因为你否定我的爱情，就像你曾经否定父亲一样"；二十岁的你会说，"你当着亲戚的面扇我的那记耳光，到现在我心里还留着印子"；十岁的你会拿起那条被她剪坏的裙子，扔在她身上，告诉她布料被剪碎的声音，谱成了你耳边挥之不去的童谣。

说实话，你心智成熟以后，我最怕看到你跟家庭与回忆和解，那或许是你与母亲余生最好的结局，毕竟世俗喜欢看到这样的故事。但亲爱的，世界强行塞给你太多规劝，我们无法选择家庭，但是可以选择亲手解绑自己的童年。

不原谅也没关系，不要再对他们有期待，也不要渴求那些不存在的爱，而是在自己的课题中，学会爱。

你来到卧室，翻了翻过去的物件，将桌上的我拿起来，像是当初从精品店的货架上发现我一样。那时的你，小手冰凉，对未来充满胆怯，但现在的你不一样了，我感受到你身体里的坚定。

你将我晃了晃，遗憾的是，所剩无几的液体已经漾不起雪花，但是中心的小房子，终于完整露出了它安静的全貌。一个你可以放弃的安静的小家，以及你期待中的安静的小家。

我其实期待过，你会带我走的，但最终你还是放下了我，挺好的。该告别了，有些人和事，不要再出现在你的人生中了。

我知道这应该是你最后一次回来，也知道这是你第一次，彻底去爱。

From

不会再下雪的水晶球

article_#06

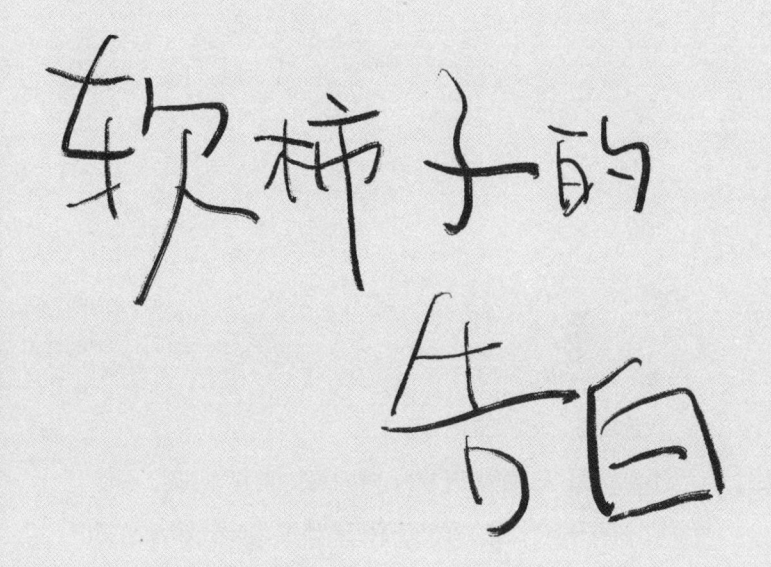

软柿子的告白

我曾经是一个很硬的柿子。

不要想歪,只是满肚子果胶,筋很硬,但脾气不硬,说话声音细,特好欺负,偶尔舔一下自己都嫌涩,难怪成为驻守冰箱的"废柴"。

来这个冰箱的第一天,我遇见了三颗同样很硬的猕猴桃,他们撩拨着身上的绒毛,带我疯玩了三天三夜。后来才知道,他们一个月前就在这里了,靠资历混成了老大哥,愿意带我玩,主要是没见过我这样的"金刚芭比"。我很快成了他们的小弟,每天屁颠屁颠地跟着他们收租,胡吃海喝,惩善扬恶。

猕猴桃 A 总说自己是来自新西兰的贵族,猕猴桃 B 是热情的颓废者,佛系玩家,猕猴桃C的MBTI[1]应该是ENTP[2],聊天的时候像在打辩论。我们发誓要做一辈子的朋友,但奇怪的是,只要我用他们对待我的方式对待他们,他们就会生气。

早晨和傍晚,冰箱大门会打开一次,世界会突然亮起黄光,他们称之为"饿鬼祭"。祭日的仪式,是冰箱里最好看的食物要被外面的人吃掉。唯一自救的办法,就是抠脚、打嗝、放屁,怎么丑怎么来。

我用力扮着鬼脸,扭头一看屎黄色还冒着臭气的猕猴桃三兄弟,被丑得心服口服。果然,他们仨被巨大的手掌抓走,可惜画风突转,被直接丢进红色的塑料桶里了。

失去他们后,我整日流泪,硬邦邦的心都快化了,直到你出现。

你是一个身上喷了香水的梨,靠近你,就会闻到夏威夷海水的味道。尽管我没去过那么远的地方,但传说夏威夷的水就是甜的。

---

[1]一种迫选型、自我报告式的人格测验。用以衡量和描述人们在获取信息、做出决策,以及生活取向等方面的心理活动规律和人格类型表现。——本书脚注均为编者注
[2]即外向、直觉、思维和判断的人格类型。

你的出现自带背光，所有人都说你不会在这里太久，于是没人敢靠近你。

那晚我孤单得很，去楼下的白葡萄酒兄弟那儿讨了点酒喝，结果一两杯就醉了，眩晕着回来，不小心被你头上的把儿绊倒，直接栽在你身边。

你说："路都走不了还敢学别人喝酒。"

我带着醉意喃喃道："我好像听见你在说话。"

你回："你是柿子，又不是聋子。"

真是集颜值与才华还有体香于一身的极品啊。我自惭形秽，气都不敢出，倒是你，半夜三更的，倾诉欲旺盛。

你来这个冰箱前，曾是香蕉最好的朋友，和一大群"同胞"住在一个水果店的冰柜里。某天，香蕉和苹果恋爱了，少年的初恋，会让他的身体和心理开始全面地成熟。香蕉就是那种谈一次恋爱，成熟度就上升一百万点的。他们恋爱以后，会各自去帮其他朋友做感情辅导。

那时的你，没多少勇气，否则怎么会以挚友的名义暗恋香蕉那么久。后来，香蕉和苹果被扎着马尾辫的女生买走了，故事到这里结束。

我问："你不难过吗？"

你说:"往事与旧人,自有他们的好,因为可以念念不忘。"

听完你的故事,我咬牙道:"我一定会好好记着我的猕猴桃三兄弟。"

你不置可否,给了我一个意味深长的笑容。

第二天一早,你把我拍醒,非要带我入门练瑜伽。我一看时间,七点。我从没这么早起来过。结果一天的时间变得好长,长到第一次彻底感受四周的雾气,大地凝结的水珠,世界间或的轰鸣。

好美啊。

瑜伽有个动作是要关注自己的呼吸,我身子硬,一根直肠,一吸一呼就放屁。自尊心受挫,我累到虚脱,彻底"摆烂",大吼一声,"我硬怪我咯"。你在一旁乐不可支,说:"这声音配上你的动作特别可爱。"

我问:"你在骗我吧,他们都说我是'金刚芭比'。"

你回:"玩笑开多了就是别有用心,好朋友不互相吐槽,只会一起吐槽别人。"

有的话,看似不直接构成伤害,就像一根根软刺,有一天你感觉到手指痛了,但怎么也揪不出那些刺,因为都是很久以前刺进的。

小时候因为别人的眼光而戴起的那张小丑面具，习惯之后，就再没放下来过。

我喜欢听你讲话，还有幸真的跟你成了朋友。你说我声音好听，拿来一首歌，让我唱出来，是陈奕迅的《葡萄成熟时》。你特别爱听他的歌。上一首听哭的歌，是"你给我听好，想哭就要笑"。

"你要静候，再静候，就算失收，始终要守。"

你说我唱得比说得好听，于是专为我组建了一个唱诗班，我是主唱。每天除了练瑜伽、听风看雾以外，就是排练。你找来蓝莓团当合唱，白葡萄酒取掉帽子就是鼓手，酸奶碰杯就有一段旋律。

几天后我们第一次登台表演，我将紧张咽进肚子里，闭上眼都是你忙上忙下的样子，还有你身上的海水味道。你说："柿子兄弟，你可以的。"

那天的表演很成功，但我必须告诉你，其实我唱到一半走神了，因为想起那道黄光好像很多天没来了。有些事禁不住想，冰箱门突然开了一道缝，所有人愣住了，音乐戛然而止。我立刻跳下舞台，站直身子，努力扮鬼脸，把脸憋得通红。你来到我身边，说："不用怕他，这是我们的使命，是我们来这个世界的目的,对着光大笑就好了。"

我怕极了,颤抖着龇牙咧嘴,露出好丑的一抹笑。

我问:"我是你的朋友吗?"
你点点头,说:"朋友分两种,你和其他人。"

我一直都很好奇,你身上究竟有什么东西是我没有的。
直到那天,我在既定的生物钟里醒来,不过是惯性地伸展了腰身,忽然觉得自己好轻松,身体里的组织和细胞就像听到了进攻的号角,纷纷起身。
我变软了。
舔舔自己,竟然有一点甜味。
那是梦里的,夏威夷海水的味道。
但是你不见了,白葡萄酒说,昨天半夜,你被外面的人取走了。
我没哭,因为我知道,你完成了你的使命。

后来循此短暂一生,我忘记了很多人,但就记得你。忘记了很多一个人的雨天,但记得与你在一起的晴朗。我终于知道你身上的那个东西,叫作乙烯,很难形容它,大概就像外面世界的太阳。

现在我也有了。

不管这些话你能不能听见,我都想说,要不是因为你陪我失眠,讲段子,看雾,听世纪末的轰鸣,听陈奕迅的歌,拉我早晨七点起来练瑜伽,开心时喝酒浪荡,难过时喝茶养生,说我的声音好听、动作可爱,让我大声唱歌,一起停留,一起努力,收集全世界的趣味,最终让我成为现在的自己,傻瓜才想跟你做朋友呢。

希望你眼中的我,也是这样的,朋友!

From

"你敢捏我一下试试?!"的软柿子

article_#07

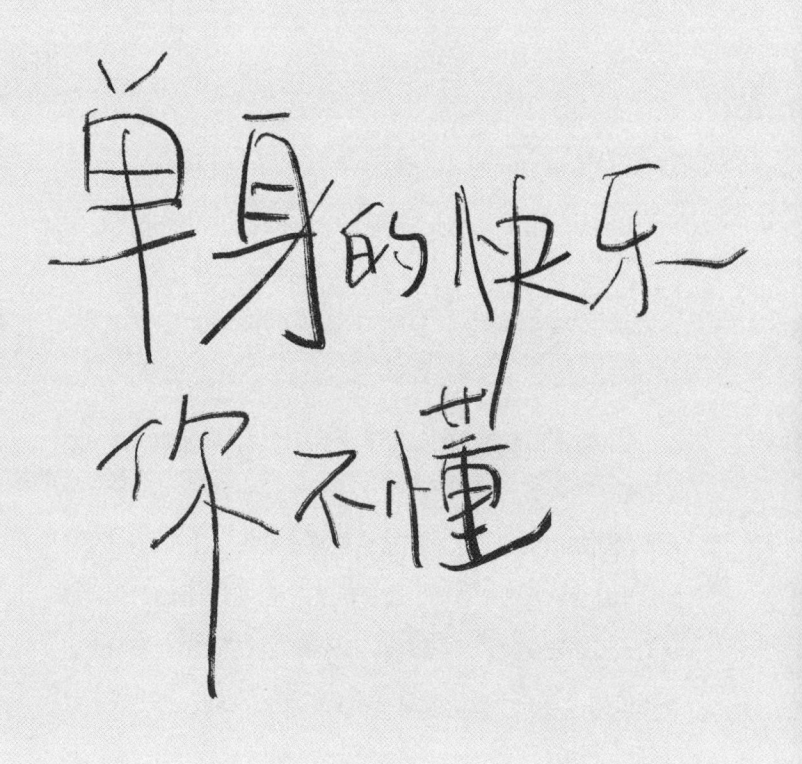

单身的快乐你不懂

这位昨天跟我相亲的男青年,不好意思,我习惯早睡,你发的微信没顾得上回。我单身,不代表我随时有空。

实话跟你说吧,这次相亲是我妈安排的。过了二十七岁,她每年都会给我几个选项,逼着我见见面。但她催她的,我过我的,没必要反驳,当吃顿饭认识个朋友好了。前面有两个还不错的男士,一个成了在老家帮我跑腿办证的,一个成了我"深柜"闺密。

平时周遭都遇不上彼此看对眼的,靠相亲能成的概率,跟中彩票差不多。碰见合适的了,怎么还轮得到昨天跟你这一局。

你除了话多，还算绅士，哪怕只是相处了一顿晚饭的时间。喝酒之前，你用冷笑话凑话题，小酌几杯后，开始毫不避讳地讲自己的过去。大概悲伤已成往事，才能像个说书人一样轻易摆弄谈资吧。只是你太急迫了，几次话锋一转，就哽咽着落到害怕单身的话题上，为自己不尴不尬的年纪焦虑。

昨天我是倾听者，今天跟你说说我的生活。

我早已经与单身握手言和，甚至享受单身了。这个过程特别难。我也有恨嫁的时候，看不了爱情片，读小说里恩爱的段子都觉得心碎，害怕所有情人属性的节日，商场里那些粉紫色的装饰是噩梦，甜品站的第二杯半价是这个世界给的终极恶意。

此前还能用工作把时间撑满，后来工作也不顺心，人生从此空白，闲了三个月，死了的心都有。

没有工作的第九十二天，我"种草"了一台烤箱，学着做蔓越莓饼干，结果一发而不可收，爱上烘焙。

我可爱脑袋一来，还拿着饼干去我心心念念很久的一家4A（美国广告协会）公司面试。HR（人力资源）问我："为什么要做饼干？"我说："闲的，无爱可做，就做生活。"后来我真的去了那家公司，每天除了给各家客户写段子，还要给他们带饼干。

除了烘焙,我一周上三次普拉提课,两次动感单车课,养了一只叫莱昂纳多的柯基,一条叫"红鲤鱼与绿鲤鱼与驴"的金鱼,还给窗台上的每盆植物做铭牌。每个月的工资会有固定比例给出租房添置软装,找搭子蹦迪吃饭看戏做脸。到了周末就爱整理房间,给沙发、毛绒公仔除螨,在我的盲盒墙前挑选今日陪吃陪睡的崽,用扭扭棒制作猫狗,追平真人偶像和动漫偶像的剧集更新,敷上直播间抢来的打折面膜,看着最不费脑的"电子榨菜"。不仅如此,我还会换灯泡、通马桶,让我疏通下水道我也可以硬着头皮上。

这种匆忙不是一两天就能转变的,而是连带效应。当对一样东西开始产生兴致时,就会对整个世界好奇。

我的行事历已然如此拥挤,哪儿还有时间跟一个凑合的人互相周旋,自证谁爱谁多一点,军训似的报告早安午安晚安,关心对方的吃喝拉撒睡——睡不睡别人,再因为双商三观问题闹得不可开交。想想都头疼。

我最爱的村上春树说:年轻的时候经历这样一些寂寞孤单的时期,在某种意义上也是必要的吧?对于一个人的成长来说,这就和树木要想茁壮成长必须扛过严冬是一样的。如果气候老是那么温暖、一成不变的话,连年轮都不会有吧。

其实孤独的状态，才是与真实的自己最接近的时候。热闹特别容易，约上三五个朋友，混着眼泪吃喝一场，跟这世界是趋于一致的聒噪。只有自己一个人时，才能听清心里的声音，看到平日忽略的细节。你一个人都活不出趣味，还怎么指望两个人生活？

爱一个人不是加法，是乘法。在相遇之前，让自己成为一个漂亮的数字，你们在一起，结果才能无上限。若你是零，是负数，遇到任何还不错的人，最后对方都无法带你走出寂寞，到头来还是一场空。两个人抱着期待看一场爱情电影，最后面对悲剧结尾，你流着泪问为什么，其实心里早就知道了答案。

你不是一个没长大的孩子，但凡剖析一下自己，就知道你的很多焦虑其实与经济地位和情感状态没关系，大多数是庸人自扰，觉得孤独，多半是闲的。我们就是看过了太多所谓的成功模版，就不相信自己这个版本才是最成功的。

这个世界本就是一则巨大的规训，小时候争做"别人家的孩子"，早恋罪该万死，长大了又必须变成恋爱天才。为了事业步履不停，刚抱住城市的脚脖子，又该结婚生孩子了。三十而立就是个笑话，很多人到了三十岁，都还没有真正成年呢。反正什么话都是别人说的，别人觉得你该如何如何了，你真的听进去了，你自己说的话呢，一句也没听见。

轻舟已过万重山，知道怎么过的吗？你是小舟，躺（淌）着过，高山们杵在那儿，岿然不动，就动动嘴皮子，这又能奈我何。

这两年，我有过一次以为是一辈子的爱情，可现实是互盖一被子可以，共用一杯子也可以，但拼上时间，很多人就不可以。

分手那天我没哭，连一点挣扎都没有，特豁达地去庙里烧了三炷高香。从前的我害怕很多事，害怕一个人睡，害怕不够漂亮，害怕考试挂科，害怕没朋友，害怕家里人老得太快，害怕养活不了自己，害怕在爱情里受伤……那么多害怕的事，大多都没发生，即便发生时黑云压城，竟然最后也都是以温柔的姿态留在我的回忆里。

后来我明白了，任何关系到最后都是相识一场，有些人出现在你的生命里，就是为了阶段性陪伴，开始时越是情浓，回忆起来越是轻描淡写，你不答应，时间会束缚你的双手双脚，逼着你承认。

舞蹈精灵杨丽萍女士说过：有些人的生命是为了传宗接

代，有些是享受，有些是体验，而她是生命的旁观者，她来世上，就是看一棵树怎么生长，河水怎么流，白云怎么飘，甘露怎么凝结。

作为"戏精"的我，来这世上，就是看一个帅哥怎么生长，饼干模子里的奶油怎么流，秀优越的傻子怎么飘，冰箱里的面膜怎么凝结。或许有一天我碰上一个命中注定的人，我们一定会因为爱情而走到一起，而不是走到一起来碰碰看有没有爱情。

放轻松，愉快的事还有很多，日子是自己的，幸不幸福自己最清楚。别说那么多人到了适婚年纪就结婚了，那么多人还早死呢，我们是不是也要赶着加入啊。

我这么努力的姑娘，一定会有人爱的，不劳费心。倒是你，中国总人口男女比为 1.05∶1（第七次全国人口普查公报数据），女生们都独立，很多男的还合并同类项了，你真的那么想结婚，要加油了。

还有，你的冷笑话真的不好笑。

From

傲娇胜女是我没错

article_#08

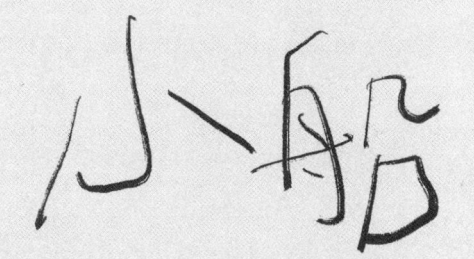

知道你没有多少耐心,但请一定要看到最后一个字。

你自责过,说一定是自己哪里没做好得罪了神明,才把报应落在我们身上。但我想,或许不是报应,而是考验,因为我们还不够成熟,所以未来的那个小朋友才躲在天上观察,不肯来我们家,找我当妈妈。

我曾以为最坏的人生不过是这样了。

两次宫外孕,正巧受精卵一边停一次,腹腔镜进去,满肚子的血,最后切除了一侧输卵管。进手术室前,你攥紧我的手,放在唇边亲吻。想起小的时候,我跟你比手的大小,摊开五指还不及你的掌心大,我那时就觉得,爸爸的手,就是全世界。

我躺在床上虚弱地问你:"爸,我是不是这辈子都要不了小孩了?"你红着眼安慰我:"没有小孩,一样可以很幸福。"

我不是必须要小孩的,这点女性的觉知还是有的,生育自由,自爱为大,我确实能找一万种让自己幸福的办法。但你懂我的性子,决定好的事没有达成,总会百爪挠心。游乐园的门票捏在手上,城堡都看见了,哪儿有不让我进去的道理。

我很幸运,被爱着长大,我也想能有一个人,让我捧在手心怕碎,含在嘴里怕化,成为我的底线,健康平安地长大,去遍人生所有华丽的乐园。

说实话,这几年因为怀孕的折磨,我过得并不好。不是身体的消耗,而是心被伤颓了。我相信你能感受到,要不然你怎么总刻意避开孩子的话题,给我发微信的频率也日益增加,我都三十多岁了,还不停叫我乳名。

与这个男人结婚,你是第一个投赞成票的。有个段子说,女儿结婚,做父亲的会觉得养了多年的白菜被猪拱了。但咱们家不一样。因为你烧得一手好菜,他好吃,常来咱家待着。你怎么说来着,拱没拱你的白菜不重要,反正人家养了快三十年的猪肯定是丢了。

婚礼在仲夏。我穿着婚纱挽着你，在宾客见证下，你要陪我走完这一段漫长的交接仪式。这一路你颤抖得厉害，来到他面前，你沉吟片刻，用力深呼吸，终于还是抬起我的手，将我交给他。你看着他，表情深切而凝重，突然扯着嗓子喊："她的一辈子我没法全部参与了，但你可以，你要保护好我女儿！"

这句话把在场的人都弄哭了，我眼泪如注，你却咬牙紧绷着泪腺，特别傲娇。后来从摄影师给我的照片上看到，你独自转身下台，咧着嘴哭得像个孩子。

平日你霸道、坚韧，随时都有一副成竹在胸的淡然模样，上次看到你这么难过的表情，还是在爷爷火化的时候。

他是我交的第三个男朋友，算是完全在我标准之外的非典型帅哥，心里有童话，也有世故的成熟，与他在一起，有种踏实的浪漫。倒是我的前两个男友，让你费了不少心。

第一次恋爱在大学，那时年少，我是个只有少女心的外貌协会成员，认为宽肩浓眉，嗓音温柔，头发抓得立体有型就够了；后来入了社会，寻求灵魂的共鸣，误以为嘴里含着蜜的就有有趣的灵魂，最后无疾而终，免疫了所有情话，落得两手空空的下场。

也是这两段爱情，让我明白，靠近一个人，要慢一点，确信你能看清他；离开一个人，要快一点，不然真的会舍不得。

决定与他领证挺突然的。那是一个普通的周日，我们在城西看了一个全是各种猫狗黏土作品的展览，吃了一顿重口味肥肠火锅，最后看完一出舞台剧，演员在台上挥手谢幕，我在黑暗中哭得上气不接下气。包里只剩一张纸，我擦完鼻涕，回头看他，他也满脸是泪，我特别大方地撕了半张纸给他，我俩面面相觑，伴着尴尬的泪痕，笑了出来。

每次在剧场看谢幕我都容易哭，总有种恍如隔世的永诀之感。但是那一天，我突然心领神会，真的不求全世界理解我的感受，若身上的"颗粒度"能有一个人与之对齐，那才是幸福。

我想与他融为一体，再附赠一辈子的冲动，比起山盟海誓更有仪式感的，只有靠国家认可了。

领证当晚，我们回家里吃饭，由于先斩后奏，的确有点愧疚在心，我不好意思开口，字里行间就扯来别人的故事给你暗示。我妈一听就懂，神助攻了整晚你都无动于衷。晚上等大家睡下了，你发来一条信息，说："婚后如果你们处得不开心了，你一定不要来找我诉苦，因为你一定会原谅他，但我不会。"

在爱情这件事上，你一直都随我心意，因为你从我小的时候就对我百般好,就是希望我不要被别人用一个小蛋糕就骗走。但你也清楚,我不是那种好惹的女生。

高中我迷恋弹吉他,与前桌的男生上课传字条一起写一首曲子,被班主任逮个正着,她当着全班同学的面朝我喊,不听她的课就滚蛋。我当场摔了凳子,抱起吉他离开教室。来到教学楼下的花园,我拨弄琴弦,靠着天然的立体环绕音,弹起写了一半的曲子。

我名副其实地年少轻狂,但那个男孩没敢下来,倒是学校把你请来了。你当着老师的面承认学音乐浪费时间,我回家与你大闹一场,说你两面三刀,背叛我。

小的时候,是你鼓励我学音乐的,你置办一架电子琴,我在练音阶段练到崩溃,你搬个小凳坐在我身边,厉声教训我,好不容易找到自己的爱好,哭着也要坚持。

我流的泪,画的谱,手指破的皮,怎么最后就成浪费时间了?

我不解,死死抵住门,你在门口好认真地跟我道歉,你说有些事只有我长大才能明白,成人世界的谎言有时没有恶意,只是生存手段而已。你也是第一次当爸爸,可能未来还会做很多不好的示范。

这句话与后来看的《请回答1988》里,德善的爸爸对她说的一样：爸爸我也不是一生下来就是爸爸，爸爸也是头一次当爸爸，所以，我女儿稍微体谅一下。

每次看到这一段我就忍不住泪目，怀过两次孕后，体会更是不同。

做爸爸这件事上，我能给你打个高分。

打从我记事起，你对美食就特别讲究。你那时刚从老家到市里来，为了工作没日没夜地应酬，但不论你浑身酒气回来多晚，都会给我带好吃的。卤鸡脚、豌杂面、桂林米粉、乐山烧烤……被我称为"爸爸的深夜食堂"。你为这个家很拼命，我却不争气，拿着数学二十分、物理五十五分的期末成绩单，伸出小手准备讨打，你摸着嘴角的胡楂若有所思，好认真地分析道："看来你日后适合读文科。"

我就欣赏你的与众不同。

这要归结于生我之前，你那段堪比电影情节的冒险青春。在那个年代，读本地职高的人居多，你却天生反骨，独自一人离家去读航海专业，毕业后分配到远洋公司成了海员，游走在世界版图之间。你和我妈是在威尼斯认识的，水城的道路逼仄往复，街头巷尾时常遇上死胡同，城市看似不大，但方向感不强的人进去就容易迷路。你与我妈同时迷路在岸边，两人一见如故，你邀请她去你们的大船上共进晚餐，几个船员起哄助攻，年轻的荷尔蒙[1]作祟，互看对方几眼，成就了一桩喜事。

我妈生下我没几天，你就启程了。这次的你身份进阶，你知道我和妈妈在家里等你，于是一切都变得格外谨慎。在市集买的水果要洗干净才吃，绝不冒失与异乡人起冲突，出海后天气稍有变化就死死盯着预报和雷达。结果验证了墨菲定律。离开法国那天，你们开着一艘新船回国，遇上妖风，船无法靠岸，差点丧命。

回国后你就决定辞职，放弃自己伟大的航海事业。看过星辰大海，世界无垠，明白生而为人，不过是大自然的一页注解，你有更重要的事要完成。于是你回归家庭，徘徊于厨房和婴儿床，甘愿成为一艘小船，让我骑在你身上，亲自带我靠岸。

回忆到这里，已经足够感动了。

爸，你已经在能力范围内给了我们最好的，失去了自己的世界，却成了最好的父亲。这到底是好事，还是坏事呢？我不会替你作答，因为我也想亲自找到答案。

---

[1] 激素的旧称。

还记得我小的时候,问你我是怎么来的吗?你说,我和一群小朋友赛跑,跑赢了。生命或许就是一场从无到有,从有到无的轮回吧。要告诉你一件事,有一个小朋友,红着脸蛋很拼命,这次终于跑到了终点。

　　因为这个小朋友可能看见了,有一位特别好的外公,正在家里默默等候着。

From

也将成为小船的女儿

article_#09

偷声音的人

所放的

亲爱的NASA（美国国家航空和航天局）：

我叫阿奇，我想申请宇航员的工作。虽然我今年只有十岁，但我觉得我有这个能力，因为我不属于地球。

偷偷跟你们说个秘密，我身上有超能力，能听见大家心里真实的声音。

这个秘密我只跟两个人说过，一个是我最好的朋友邦妮，一个是我的邻居姐姐，但她不相信我，心里总有个声音说：小屁孩胡闹呢。

这种超能力是怎么实现的呢？当我与别人聊天时，我只要直视他的眼睛，他说话的声音就会变小，我便能听到他身体里说出的另一段话，与他的口型完全不一样。有时甚至那个人都不用张嘴，我只要认真看着他，就能听见他的心声。

比如我的同学说："我没有复习，今天的自然课测验肯定完蛋。"但我听到的却是："我把昆虫章节全都背下来了，哈哈傻瓜。"

我个头很小，眼睛也不大，脸上都是雀斑，与电视里那些帅气的宇航员比，差了一点点。但是大人们都常夸我好看，喜欢围着我送上最好吃的糖果。其实我能听到他们的心里话，因为觉得我和其他人不一样，所以要表现出同情，随时随地像个善良的人，毕竟上帝是他们的老师。

大人总是习惯撒谎。

邻居姐姐有一个大块头男朋友，很像《勇敢者游戏：决战丛林》里的斯莫德·勇石博士。他们经常来我家吃饭，姐姐生日的时候，勇石博士送给她一个小礼盒，我看见姐姐的眼睛里有星星。她小心翼翼地拆开盒子，里面装的是十张比萨餐厅的代金券，那些星星瞬间就消失了。姐姐用力拍着勇石博士的手臂，与我们说："好贴心的礼物，我最爱吃比萨了。"但我听到的真相是："为什么不是戒指，向我求婚会死吗？谁爱吃比萨找谁去吧！臭男人！"

这肯定是真话，勇石博士爱出汗，身上真的很臭。

姐姐很喜欢勇石博士，勇石博士也很喜欢她。可是姐姐总不说实话，让勇石博士去猜，明明在乎很多事，却总是假装不在乎。天知道，为什么他们到了大人的年纪，还爱玩猜谜游戏。

妈妈说两个人互相喜欢的概率，就像是中头奖的彩券。我无法想象有一天我随便买一张超级英雄卡，就抽到珍藏款，那我肯定会爱它一辈子的。人们总想要好运气，有时其实得到了，他们根本分辨不出来。

我一定会承认，我喜欢邦妮。因为她说很多词语的时候，舌头会发出长长的卷舌音，其他同学都笑话她，可我觉得这很特别。还有，她头发上的玫瑰发夹真的很可爱。

除了超能力之外，我还看过所有的太空电影，我喜欢《星球大战》和《银河系漫游指南》，我有义务保护宇宙的和平，避免银河共和国和独立星系邦联再一次太空大战。

我在很认真地向你们诉说，希望你们不要拿我当小孩子看，认为我在胡闹，我已经是十岁的男子汉了。因为尤达大师说了，要么做，要么不做，没有试试看。

妈妈总拿我当小孩子看。自从穿着白袍子的怪医生说我脑袋里的东西和别人长得不一样之后，她就对我格外照顾。从我很小的时候开始，妈妈每天都会带我去一间消毒水味道很重的医院里做运动，大概就是踩在机器上，被人来回掰弄手脚和脑袋。我其实不喜欢别人这样碰我，感觉自己像提线木偶。

我很晚才学会说话，终于开口叫"妈妈"的那天，她哭得好伤心。我听到妈妈心里的声音说：谢谢上帝保佑，我们阿奇只是发育慢，不是智障。

我的妈妈是全世界最好的妈妈，我很心疼她。她带我去超市，总是在同样颜色的蔬菜和肉面前纠结很久，最后一定会选最便宜的那种。后来大家吃坏了肚子，她哭了一个晚上。

我在想，大人们为什么总是做退而求其次的选择，选了，又反复后悔。如果我在橱窗看到我最想要的BB-8机器人，只要有足够的钱，我要么买，要么不买，不会委屈自己买它旁边的巴斯光年。

我出生之后，妈妈放弃了律师的工作，全心照顾这个家。爸爸在外工作，经常喝醉回来，妈妈也不顾他是不是清醒，总爱跟他理论。她的口头禅是"按道理"，有次她和爸爸吵架，他们互相看着对方，像在看一个仇人。妈妈心里的话冲出来，她说："按道理我不需要失去我的工作，当全职太太，还弄成现在这个狼狈的样子！"

我的出现，让她的快乐与难过一半一半。我吃完了一大碗蔬菜饭，她就很快乐；白袍子医生说我的发育进展缓慢，她就很难过。

她始终是女孩子，坚强了那么久，也可以有脆弱的时候。

我曾经做过一场梦，梦里在远离地球好几光年的地方，我驾驶着用自己名字命名的"阿奇"飞行器，飞向一个紫色的行星。半路能量采集堆被陨石打破，飞行器损毁，我终于穿上我白色的宇航服，跳进了黑色的宇宙里。

我真的觉得我飘浮起来了。

第一次有这种飘浮感，是遇见邦妮的时候。那是开学第一天，老师让我们每个人上台自我介绍，还要把名字写在黑板上。我只会用左手写字，而且写得非常慢，因为着急，字写得更加歪七扭八。名字没写完，就听到台下的笑声，那些刺耳的真话全部冲进我耳朵里："哈哈哈，他还不会写字啊，他原来是个傻子啊。"

放下粉笔，我埋着头，背对着大家说："我叫阿奇。"台下又笑。我跑下台，告诉老师我想上厕所。

这不怪我，男子汉紧张的时候，就想小便。

课间很多同学围着我，像在动物园观察动物，他们没说话，但我也听见了"智障""傻子"……这其中说得最大声的，是一个光头男孩。我盯着他很久，声音老是不肯消失，我受不了了，朝他大声说："我不是傻子，我只是懒得跟你们说话。"

他愣住了，然后踢翻我的课桌，向我示威。旁边的同学也开始学他，踢我凳子，朝我吐口水。小孩子的把戏就只能这样。

在我快被他们推到地上的时候，邦妮从人群里挤出来，将我护在身后，用她的小卷舌，眼泪汪汪地朝他们喊，不许欺负同学。

他们的笑声更大了，钻进我耳朵里的"傻子"变成了"傻子和大舌头"。虽然我知道这是嘲笑，但有点酷，听起来很像是火箭浣熊和格鲁特这样的组合。邦妮回过头，看向我的眼睛，我清楚地听到她心里的声音，她说："不要怕。"

我不会怕，这是宇航员要具备的基本心理素质。

我牵住邦妮的手，带她跑到教室外面的庭院里。我们在一棵巨大的橡树下并排坐着，也是那天，我告诉了她我的超能力秘密。她一开始还不相信，我就让她心里想一种现在最想吃的食物，但不要说出来。她好认真地闭上眼。我听到了，向她摆摆手，说："甜甜圈吃多了牙齿会坏掉。"她睁大眼睛，嘴巴都合不上了。

我又测试了她最喜欢的动画片、最爱的玩具，还有长大的梦想，全都答对了。邦妮摸了摸头上的玫瑰发夹，伸出小拇指，小声说："我知道了你的秘密，所以我必须成为你的朋友。"

我笑得快飘起来了，与她拉钩钩。

她是我最好的朋友，也是我唯一的朋友。我们俩一起坐在食堂吃饭，一起看动画片、打游戏，我们什么秘密都可以分享。我才不会像地球上的大人，总是把最好的一面留给陌生人，却对亲近的人发脾气，还不是仗着他们不会离开。

大人还有很多奇怪的东西。人多的时候觉得孤单，一个人反而自在；明明心里面很讨厌的人，却仍然愿意碰上对方的酒杯，假装喜欢；他们不直接拒绝，总会编很多理由来解释，可是"我不要""我不想"不就是个完整的句子嘛，说出来又不会怎样；他们最爱说"改天见""下次见"，其实都在一个城市，根本见不上几次面；他们晚上不睡觉，白天睡到很晚；他们看着很善良，但其实很有分别心；看到路边的乞丐叔叔，心里会说，又在骗钱吧；看到有人取得成功，会说，还不是运气好。他们不太会真心为别人鼓掌，可能是抬起手比较费力，因为他们不爱运动，心里却总喊着要健康。

亲爱的NASA，我是阿奇。我来自地球，可我却不属于地球，我觉得我有更伟大的使命，希望你们可以考虑我的申请。我写字写得很慢，所以这封信我写了很久很久，但是我还小，有足够的时间写完。

天上的星星好亮，我偷听到银河说的真话，它说："每个天生不同的孩子，都是宇宙的奇迹。"

From

宇宙先锋阿奇

article_#10

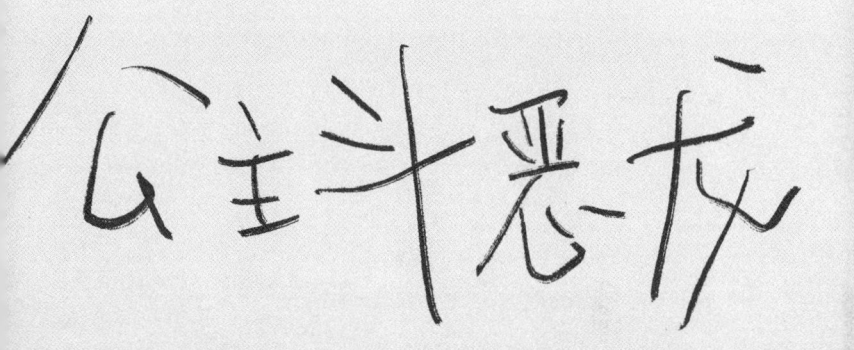

公主斗恶龙

如果要给人类史上最没胆的人颁奖，那你绝对实至名归。

幼儿园里十个馄饨被别人抢了一半，你宁可饿着肚子也不说；上小学被同学用水笔画满一脸，你回去骗家人，说是大冒险的惩罚；再大一点被高年级的同学讹钱，你安慰自己，破财消灾。小小年纪，你懂什么是灾吗？大学争奖学金名额，眼睁睁看着比你不行的人走了后门，你将世界拱手相让，甘愿在这样的不公平里做个幕后的当事人。

你从小到大都是这样，永远合理化自己所有的遭遇，不只是因为畏惧，我太了解你了，讨好了全世界，从没有讨好过自己。

你不是那种漂亮得特别明显的女生，反射弧永远比别人慢一个季节，穿着早已过时的森女系服饰，留着毫无层次可言的妹妹头。重要场合洗个刘海，不太懂化妆，就往脸上拍几下韩系气垫，浅浅涂个唇膏，用一张"国泰民安"的笑脸迎人。好在你笑起来有梨涡，气质无公害，十年如一日都像个不谙世事的小孩，好事你赶不上，更大的坏事也轮不到你。

毕业后，你在一家文化公司做文案，一做就是七年，薪资是一潭平静的死水，晋升之路如一场持久战，你不动，部门经理更不会主动。这主要也归结于你没有野心，对金钱和自由要求不高，沾边就可以了，吃到喜欢的外卖可以连续点上一周，直播间买的两位数的衣服也挺好看，不抵触皱纹，接受突然长出的肚腩，在合适的年纪结婚生育，好像这一世生而为人的任务也就达成了。

当然我承认，过去对你抱有期待，后来发现，这个世界上的大部分人，都是你这样的。找个差不多的工作受着，遇个差不多的人爱上，过个差不多的一生就够。

但我不想与你们一样，这个世界可以明目张胆欺负我，我会反抗，但如果欺负你，请不要连累我。毕竟我们在同一个身体里，作为你的第二人格，我想要做不一样的烟火。

你的部门经理是一个留着长发的男人，说话歪嘴，鼻头总挂着油，不时需要推一下滑落的眼镜鼻托。结婚五年，儿女双全，但中年油腻，储着糖衣炮弹，会把你们的方案填上自己的名字向老板邀功，还爱贪小便宜，逢年过节公司发的食用油和抽纸，他都会派人偷运两箱回家。

那天，经理带着你们部门庆功，猛灌自己五瓶喜力，唱了没几首歌就醉了。到了后半夜，大家如鸟兽散，只有你被他拉着，听他讲了很多掏心窝子的废话。他把手搭在你肩上，灌着职场鸡汤，几次来回之后，身子与你越坐越近，开始上手撩你的头发。

你极度不舒服，想反抗，他来了兴致，忽然将你压在沙发背上，眼神迷离，满嘴腥臭，嗫嚅道："你帮帮我吧。"

说着他将手伸进你的衣服里，触到你的胸。

你用了最大的力气推开他，冲出包间就吐了。你捂着胸口上了出租车，眼泪如注，司机大哥问你怎么了，你止不住抽泣，还要强撑道："没事，工作失意。"

你知道自己受到莫大伤害，却仍然合理化这一切，你告诉自己，领导喝醉了，等明天上班，一切就能恢复正常。

第二天，他面不改色地来到办公室，看上去风平浪静，实则暗流涌动。你收到他发来的信息：你今天内裤是什么颜色的？

你当即请了病假，回家的路上好像无事发生，喝着冰美式，戴上耳机听歌。到家第一件事是洗澡，用浴球奋力搓自己的胸，浑身被搓得通红，你终于力竭，抱着身子蹲在淋浴房里默不作声，没有歇斯底里，眼泪也躲了起来。花洒的好几个出水孔堵住了，想必也不忍淋着你。

我知道，你已经崩溃到极点。原来那些声势浩大的挣扎是因为有还手的能力，真正束手无策的崩溃，都是安静的。

你知道吗？这个世界上只有两个"男人"有伤害你的权力，一个是你失心疯时爱的人，一个是怎么赚也赚不到的人民币。其他男的，无法作为你生命中的奖赏，就自然不配给你带来灾难。

工作可以再换，伤害烙下就是印子。百科都解释了，只要带有性暗示的言语或动作，引发你的不悦感，就可称为性骚扰。

有多少女性在职场中收到过不雅的信息，被言语挑衅，身体被不同程度地侵犯？拥挤的地铁、公交车上，多少女性被身后的变态侮辱过？但她们中有一些，只敢挪开身子，最多再瞪瞪坏人，更多女孩子选择将委屈默默吞下。

怕什么呢？

回看小时候，你明明很想吃完所有的馄饨，为什么不抢回来，我连刚买的冰激凌被别人挖去一勺都不开心，它们本就是属于你的；那些水笔画在脸上真的很疼，为什么不喊出来，你并不享受这样的玩笑，更不需要用让自己出糗的方式获得朋友。

成人世界的规则，解释是多余，沉默才是回答，没有情绪才能全身而退，但这不代表要对所有恶意心软。你用故作轻松的口吻解释恶意，漫漫长日，后来你觉得疼的，并不是当初有人捅进来的这一刀，而是你扶着他们的手，往自己身体更深处扎去的那一下。

你误以为伤害让你成长，还用过来人的身份感谢那些痛苦，是它们让你成为更好的自己。你错了，支撑你走到今天的，从来都不是那些偏见、指摘、背叛、欺辱，而是围绕在你身边，真正在乎你的人，他们在乎你的温饱，情感落脚，在乎你会不会受伤，少一根头发丝都不行。你对他们不公平。

承认自己所受的伤害，并且为之寻找解决办法，是对自我的忠诚。

想象有一天，你战战兢兢地上班，挂着笑容粉饰太平，在消防楼梯间，看见哭得伤心的同事。你问她怎么了，她三缄其口。但是，只要你亮出伤疤，她一定会抱住你，泣不成声道：

"我也受过同样的恶意。"

因为迫不得已的纵容，淫欲才会有恃无恐。你或许无法惩罚坏人，但可以让世人分辨他们。好人往往心软，遇事容易多想，他们被社会的阴暗面裹挟，不得已向各种潜规则低头。但在人性和良知面前，有人会不顾壁垒森严的金钱权势，勇敢地站在对立面，坚持他们认为对的东西，那是初心。

小时候我们果敢，不顾一切，成长让我们平和，过分理性，一路走，一路失去，我们可以失去很多东西，但有两种东西到死都要守着，一个是善良，一个是勇气。

这二十多年来，在应该要反抗的时候，你放弃了我；在明明往前一步就能更好的时候，你放弃了我；在每一次需要拒绝的时候，你放弃了我；但如今面对这样腥臭的恶意，请你别放弃我。

就凭我的性格，我一定会先给经理那张丑脸送上一拳，在微博公开升堂，将他的事迹都写下来。然后写一封潇洒的辞职信，喝杯开心酒。我不在意后果，后果一定不会比现在更差了。

去他的，公主也可以勇斗恶龙。

每个女孩，都值得被这个世界用心对待，她们是小王子守候的玫瑰，是续写《钗头凤》的唐婉，是《冰川时代》里松鼠怎么也追不到的傲娇坚果。

好姑娘，不可辜负，但不要先负了自己。

不说改变世界这样的大话了。愿今日种种，是过去与未来的分界，一边是怯，一边是勇，谁欺负你，我们用力还他一记耳光。

From

你勇敢的第二人格

article_#11

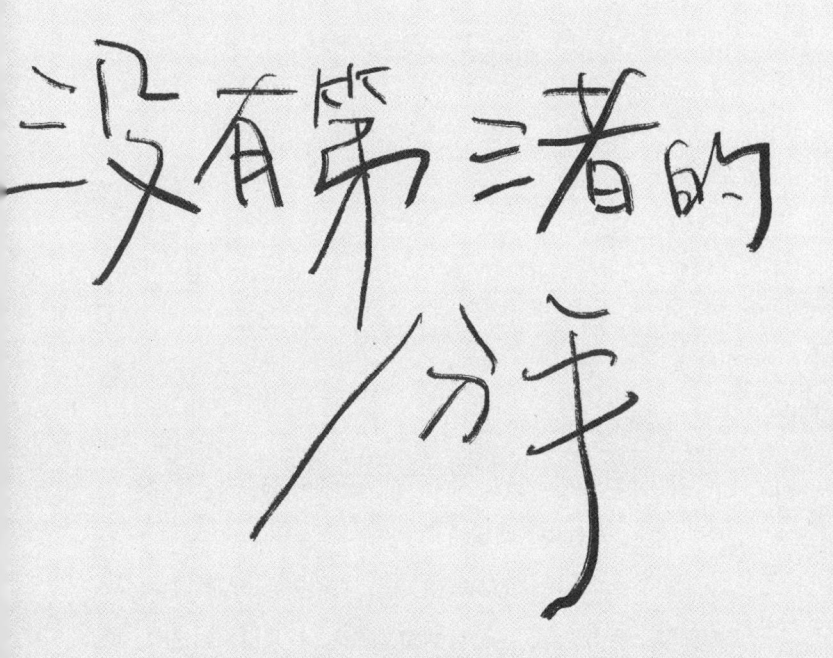

没有第三者的分手

亲爱的十二。

再叫你一声亲爱的,是为了想好好与你说再见。原谅我一个小时前,对你说了些重话。

职业使然,拍过的无数镜头里,有很多流过泪的模特,故事需要,悲伤泛滥,已经看到失去感觉。只是没想到这次,见你哭,竟然也没了触动。

爱你的时候,从头到脚我都念念不忘,不爱了,眼泪都是多余的。好聚好散不敢说,只希望你能遇见一个不让你流眼泪的人。

我承认自己不是个好男人,事业和你无法两全,失去了你,所谓的事业,充其量也不过是个拍广告片的机器罢了。三十多岁，还爱《航海王》，穿帽衫，不爱洗脸。我自觉没长大，所以一直没做好结婚的准备，这怪我，浪费了你的青春。

大学我们念陶艺专业，每天都在拉坯子里度过，不承想在单调的生活里竟也偷得半点爱意。《人鬼情未了》里男女手心触手背，一起制陶的情节是银幕定格的美好，实际情况是我们吵闹着，破坏彼此的作业。最后的一次玩笑里，我们把对方定型的坯子烧了出来，我的不可描述的形状在中途崩了，只做出你的杯子，杯壁上留着你的手印。

将它送给你的那天，我向你表白了。

毕业后的生活从乌托邦落了地，我做摄影，你在会展公司做策划，两个人挤在魔都狭小的出租屋里，共同度过好几个三餐四季。你是个非常称职的文艺青年，豆瓣清单里是那些晦涩的小众电影和音乐，美食地图永远标注着色调清冷的咖啡店，注重衣服面料，各式各样的帽子堆了大半个衣柜。

你拒外人于千里，私下的真实面只有我有幸得见。你发明了一套只属于我们的恋人语言，类似于吃到好吃的会说"呀比呀西"，撒娇会说"嬉皮啾"（尽管每次都不一样）。你会根据我的习惯给我起很多外号，我爱吃蒜，你就叫我蒜蒜；头发自来卷，叫我卷毛；不洗脸，叫我脏三儿。倒是我，除了更加亲昵的称呼，只叫你十二。

你总腻在我怀里问为什么，我以"秘密"敷衍而过，然后就迎来你十万伏特的恋人絮语。

想到这里，我觉得初始设定的我们还是很相似的，看似是两个文艺工作者，实则是有点神经质的浪漫笨蛋。

同居生活的第二年，我们小打小闹的次数增多，被生活支离破碎的细节啃得满身伤。你说你爱酒店纯白色的床品，我就给你换了一样的四件套，结果我忽略了被子的尺寸，双人床的被套套不进去，你抱着手臂坐在床边，用"你怎么永远让人不省心"给我的心意做了个完美的了结。

可能我真的以为自己是要成为航海王的男人吧，除了拍片，几乎都宅在家里，没什么朋友，日夜颠倒，不肯成熟。你早起睁眼时我在睡；你下班疲惫不堪地回家，我却用一整桌外卖的残羹冷炙迎接你。我知道对不住你，不想解释，这是我的问题。

在"我爱你"都没说过几次的恋爱里，"分手"却总被提上日程。我们因为"看电影时能不能玩手机"的辩论又互提分手的当晚，最后大笑着看了对方一眼，就决定拼凑卡里的钱，去你心心念念的日本。

我们忘记了前一晚的争吵，在东京塔下亲吻；在新宿的娃娃机店里，用一千日元扫荡了六个巨型娃娃；在地铁安静的车厢里戴一对耳机听歌；怕自己说话声音大，就用手机备忘录聊天，像小时候上课传字条一样。

你盯着对面烫着一头鬈发的男生写道：你的偶像。

我回：有人模仿我的卷。

然后抱着对方的手臂憋笑。

那时我们应该还是有信念感的吧，认为彼此各退一步，就能让理智占据上风，反复提醒自己，是真的在意眼前这个人，而不是时间拉锯下的不甘心。

我们斥巨资住进京都的虹夕诺雅，离开时坐在岚山的渡船上，管家穿着标准的日式和服在码头不停朝我们挥手。转过山边，她竟然还在遥遥相望，用力挥手。你伸出头，朝对面喊"撒呦哪啦"[1]。你眼里噙着泪，说也要做这样得体又热爱工作的女人。

结果回来半个月，你就因为不想看新任领导的脸色辞了职。我靠客户给单子，多数时间赋闲在家，仗着有你照顾，我更加放肆。

---

[1] さよなら日文音译，再见的意思。

距离感这个东西很微妙,再明心见性的关系,有时也需要一把标尺维护边界。当我们互看彼此的时间长了以后,咀嚼越发清淡,只有靠争吵提味。再往后,是吵架都懒得了,不吵的后果就是越来越克制,克制到后来就没了话聊。

我不关注娱乐新闻你知道的,你却怪我连哪个明星"塌房"了都不清楚;你不爱吃猕猴桃我也知道,我却昏头买了一箱猕猴桃汁回来,自尊心作祟非要狡辩说果汁与水果不一样。我们在一起八年,你常说我没计划、没记性、没安全感,我说你太偏执、太自私、太现实。很多事我们一直都清楚,我的孩子气,你的小任性,这是我们互相吸引的原因,却成为最后不爱的理由。

那天你一个人去了台北,一走就是十天,我疯了似的找你。你知道一个像我这样失败的男人,最怕什么吗?就是习惯了你的好,直到消耗了你全部的信任,当有一天你说出了结束这样的话后,一瞬间就什么都没有了。

我给你的父母打电话,给你的朋友打电话,我不想让你为难,但我很想找到你。

你那天破天荒穿着高跟鞋回来,妆容精致,好像重新盛开的花。你说看不惯我不洗脸和毛糙的鬓发,我就把自己洗得好干净，去楼下剪了个荒唐的发型，还去附近的菜市场买了鱼，打算做你最爱吃的清蒸鲈鱼。可回来你又嫌我只穿帽衫，鱼也变了味。

你跟朋友们说，我们成长速度不同，不能等我长大了。其实你可以直接见血封喉地承认，你根本不爱我了。

你给我发分手信息的时候，我正在看辩论节目，嘉宾正在为"分手该不该当面说"争得不可开交。说实话我都不在意，只是想见见你。

我们约在你常去的咖啡店，咖啡师认识我们，但今天没向我们打招呼。你坐在我对面，连名带姓叫我的时候，我就知道，我们差不多要结束了。

你说，人都是在等一个人的时候变老的。我终于明白，那个小女孩不见了的原因。

曾经想将全世界给你，又害怕世界不够大，是我的自卑配不上你的自由。只怪我还是当初那个人，忽略了时间步履不停，你却已经长成了更好的大人。

告诉你那个秘密吧，我叫你十二，是因为"恋人"有十二画，"朋友"十二画，"爱人"十二画，"家人"十二画，所以"十二"代表全部，只是没想到我一直差一笔坚定，又多了一笔刁难。

或许一个人挺好的，独享孤单，才有时间制造成长的茧房，只是吐出蚕丝的瞬间，其实挺疼的。歌词里唱到"没有第三者的分手，原来比不忠诚更痛"。你知道吗？"撒呦哪啦"在日语里其实也有永别的意思。

说再见不如忘掉能再见。

愿你岁岁平安，哪怕生生不见。

From

失去航线的航海王

article_#12

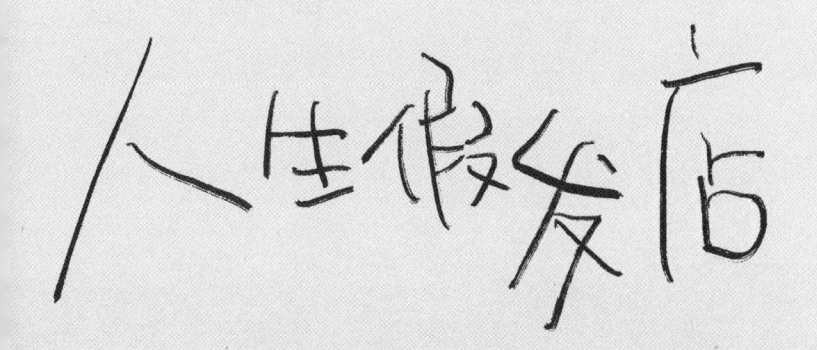

人生假发店

我的店开在这里已有五个年头了。

旁边是个卖五金的,对面是家面摊。我的店面不大,两张用来剪发的椅子,一张洗头躺椅,墙边的货架上是价格不等的各式假发。

为什么当初想到要开假发店?

大概是觉得有商机、成本低,门面的租金又有优惠,就闷声开起来了。我不是圣人,最多平日里读些闲书,道理懂得不多,事到如今,就是走一步看一步。

你第一次来我店里,留着及肩发,黑色绒毛大衣的领口盖住半张脸,隐去了脸上的表情。你没多说话,在店里来回打量，考虑好一阵终于开口问："流程是怎样的？"我挂起招牌笑容说："你可以先选，选好咱们再开始。"

你愣了一下，说："还是先剪发吧。"

你径直躺在椅子上，我打开水龙头，之后我们再无交流。沉默才是店里最好的氛围。

我习惯用电推子，操作起来有手感，发根也剃得干净。有些客人之前用工具自己动手，剃完没几天头发就长出一些楂来，白天戴着假发没感觉，晚上睡觉，扎得头皮难受，像一根根小刺。

我打开电推子的开关，店里弥漫着嗡嗡声。你将领子解下，露出整张脸，红唇透在镜子里特别打眼。没再多观察你，正想上推子，你突然用力推开我的手，裹上大衣，匆匆逃了出去。真的是逃出去的。

像你这样的客人我见得多了。

这些年，我的店就是个迷你版的悲惨世界，有多少人来过，就留下了多少故事。一个人偷偷来的；老婆换上假发在店里哭，老公在外头抽烟的；还有剃一半直接倒在地上的；也有很多在剃之前放弃的。因为它太有仪式感，意味着你正式朝彼岸迈出步子，念过的经和求过的神都帮不了你，这段路，只能独行。

所以，我没想过你会再来。

某天你又推开了玻璃门，站在门前问："大哥，现在可以剪发吗？"身子背光，我看不清你的表情，只得听你的语气，轻柔沙哑，却很坚定，有种领教现实之后的洒脱。

你坐在座椅上，从包中取出一个音乐盒，将发条拧到底，然后闭上眼睛。

我记得你的头发很硬，又密。我想起过世的老母亲，发质与你很像。我这四十多年，就为她剃过三次头，前两次都是在她生日那天，最后一次是火化之前。从此以后我剪过多少头发，就后悔过多少次。

你的音乐盒比我这电推子的声音动听，我的思绪跟着飞扬的发丝而过，几十分钟后，最纯净的你就出现在我面前了。你全程闭着眼，我不忍心，还是拍了拍你的肩。你偷偷睁开一点眼缝，眼眶瞬间就湿了。

你没敢多看镜子里的自己，赶紧回身选假发。我给你推荐的那顶五百多块钱的中短发，比较好打理，女士戴也不会显得太短。你重新坐到镜子前，我帮你将假发固定好，剪去多余的发丝。

你平复好情绪，淡淡地说："怎么就变成了另一个人呢。"

我不知道该怎么接你的话。倒也奇怪，你不像多数的女客人，要么将眼泪都留在这个时刻，要么大笑不止，而是又一次转动音乐盒，对着镜子自言自语讲起故事，也不管我在不在旁边。

你未婚，二老在北方，现在这状况除了身边几个亲近的朋友外，没人知道。你自嘲，像你这个年纪的女人，高傲惯了，看不上男的，痛恨这分配不均的世界，活成了战士，最后连赴死，都是孤身一人。

我虽然不是什么成功人士，但有家有生活，老婆给大户人家做月嫂，孩子八岁，上小学三年级。以一个对生活低头的过来人看，所有会说自己强势的女人，都是因为被爱得太少了。

你的木制音乐盒是在台北旅行时买的。盒面上的物件可以自己选，你选了一辆小火车，还有一个小女孩，其实原本还有颗小行星，音乐响起来时可以跟着转。你摸着断裂的地方，怅然若失道，买回来第二天就断了，那颗行星也不知道掉到哪儿去了。

或许是老天爷的暗示，从台北回来没过几天，做完年度体检，结果不尽如人意，你带着疑问和恐惧去了市里更大的医院，医生门前的电子屏闪出你的名字，推开那扇薛定谔的门，生死就握在了别人手里。

我看过音乐盒的断裂处，轴承完好，只是缺了那颗木头小行星。我请求将音乐盒留下来，如果你信得过我，我帮你做一个，等你好了，再来找我取。

你说了一句话，我至今难忘。你说："没关系，我让朋友来取，他们还在。"

我的假发店开在闹市中心，旁边是家五金店，再过去是一家快捷酒店，酒店旁边是家安徽夫妻开的小卖铺，过了这条路右转，走几百米就是市里的肿瘤医院。

来我店里买过假发的，多数是女客人，我为她们剪去健康的证据，戴上病人的尊严。结束服务，不说"再见"，不说"慢走"，只是点点头。

有些客人经常一年半载见不到，也不知道是治好了还是走了。心态好的客人，乐于跟我分享他们的故事，随时来找我修整头皮，换着戴假发。还有些戴上假发，一点都看不出刚做完几期化疗，精神头很好，但没过几天，人就突然不在了，就像翻转的沙漏，最后那一点沙子下落得特别热闹，突然漏完的一刹那，一切寂静得可怕。

我早不图赚钱了，能养家就好。除了假发营生，偶尔还代他们取报告，寄存包裹和冷藏药品，能做一些是一些。

这些年，我坐在这间狭小的假发店里，看过太多悲剧。对面的面摊，经常有人刚吃完就吐了，旁边快捷酒店门前人来人往，半夜都能听到哭声。说也奇怪，记忆中无论是晴天还是雨天，这条街道上都是灰蒙蒙的，可能是心情决定了天气。

我这行看上去就是做美发的，最开始领我入行的，还是我秃顶的表叔。他给我介绍假发这档子生意，我开了这家店，一开始顶多就想卖给像他那样脱发的老头，或者懒得染头发的爱美人士，怎么也想不到，卖假发都卖出佛性了。每个病人求不得什么，最低的要求，也就是保留一点做人的尊严，其他健康的人，是看不明白的，有些东西看清楚，就太伤心了。

生老病死是自然规律，这规律下，老天爷给人不同的富贵和运势，却给他们差不多的存活年头，挺邪门的。每个人都被写好了这匆匆数十载，那些提前退场的，反而感觉认领了特殊身份，他们认清了这老天爷太过精明，干脆撂挑子不陪玩了。

但有时候我也总问，为什么是他们呢？太辛苦了。无论是身体上，还是心上。

开了这家店后，我每年都要去医院做两次肿瘤筛查，见得多了反而更怕，怕生病，怕离开家人，对他们有一点懈怠都觉得老天爷会选中我。这也解释了为什么现代人的亲情需要被死亡提醒，还拥有的时候往往不珍惜，等到站在那个冷冰冰的洞口前，现场哀乐一奏，躺着的亲人进了炉子，才知道这是彼此最后的时刻。

过了这一关，一切将彻底告别。

这还不是最难过的，很多人在那个时候是哭不出来的。反而是回到正常的生活中，有一天在夜半梦醒摸到冰凉的半张双人床时，看见冰箱里没吃完的速冻水饺时，习惯性地多摆出一副碗筷时，信息发出去再也收不到回复时，你才意识到，这个人再也不会出现在你的生活中了。

落日那么灿烂，人没了，却静悄悄的。

距离上一次见你，已经一年多了。

我用亚克力和弹珠做成了一个好漂亮的星球，牢靠地粘在音乐盒上，只要它的音乐响起，配合阳光转起来，亚克力上的炫彩膜就能在墙上投射出一道彩虹。这个音乐盒一直摆在我店里最显眼的位置，我倒是挺喜欢的，不如就当送我，别来取了。

到现在都不知道你的名字，但不知道也好，你值得好好被爱的，在这个流行告别的世界里，愿有人为你停留。

From

卖假发看人生的大哥

article_#13

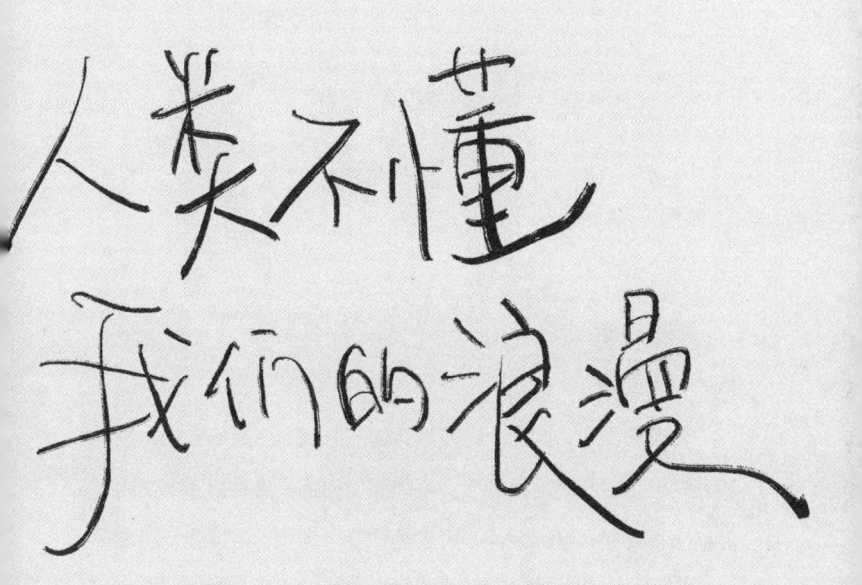

人类不懂我们的浪漫

最近的夜里,你这个睡在我旁边的家伙,总是不安分,三不五时地用屁股贴上我的脸。不能因为你是一只长得还不错的苏格兰折耳猫,就以为这个世界给你开了后门,可以飞扬跋扈了。好歹我也是看着你长大的长辈,四舍五入,算是你半个主人。

记得他刚把你捡回来的时候,是北京入冬最冷的一天。你浑身脏兮兮的,毛发结着冰碴,满脸惊恐。他想给你洗澡,你还闹脾气,扯着嗓子叫唤。那个时候我就在想,你到底经历了什么,连别人对你好,都会害怕。

起初两周你冷酷到底,只吃一点点猫粮,水也喝得少,不和我们交流，躲在角落舔自己的身子。或许在舔舐过去的伤口吧。

我是个很懂人情世故的三好青年，明白这个世界上没有感同身受，有些伤害需要时间独自消化。于是我就在每个昼夜，安静观察你，看着你从没有安全感地蜷缩成一团，到四仰八叉开始没正形，最后愿意亮起肚皮。你胖了很多，毛发也有光泽起来，眼睛里重新闪回亮光。我知道，你终于正式属于这个家了。

我承认你骨骼清奇，双商极高，会有样学样地自己开门，会看他脸色行事，他心情好，上厕所的时候你也在门口陪着，只要有机会，就盘在他身上，天气冷了，还给他捂脚。你绝对是最佳贴心宠物，难怪他心甘情愿当你一辈子的"铲屎官"。

作为一只猫，我一直对你不会叫"喵"这件事很纳闷，你永远只会咕噜。直到某天，你在我身边惊天地泣鬼神地一叫，竟然是"呱"，我才知道你不是一般的猫，你是披着猫外衣的旅行青蛙吧。

后来听电视新闻说，只有猫的主人能听懂自己的猫的叫声，因为每只猫都会根据自己的主人开发一套独特的语言。必须允许我骄傲一下，在他都没听懂你说什么的时候，我已经能听懂你的每声"呱"了。

身为这个家里最懂你的三好青年,知道你摇着尾巴的"呱"不是示好,而是烦躁;满地打滚的"呱"不是没来由地淘气,而是此刻心里安定,信任这个家;舔塑料袋的时候的"呱"不是什么特殊癖好,而是要呕掉舔进肚子里的毛球。

自此以后,你就爱黏着我,一刻不得闲。哪怕我在忙着扫地,你也霸道地跳到我身上,用你的小屁股来回在我脸上蹭,陪着我改变这个世界。

我俩单独在家时,习惯并肩看晚霞。北京没有雾霾的日子,空气很透,天空比画里的好看,运气好的时候,落日能将云彩染成渐变的粉色。我们就这么静静地看着夜幕低垂,城市亮灯,仿佛日子也就在这样重复的日升月落里,过出了些许步入年迈的仪式感。

我个子比较矮,你靠着我,我好想将此刻定格,这样后来的时间,就都与你有关。

我一直认为老天爷选中一个生命出现在这个世界上,是有原因的,要么带着爱,要么裹着满身戾气,或者天赋异禀,背负着改变世界的使命。

我比较特殊，这么多年，优点不明显，天赋就是吃，每天的日常就是将地上的东西全部吃进肚子。不过最近有些食欲不振，每次工作之前，肚子空空的，也觉得饱腹，以致不太爱动，连说话的力气也没了。你在我面前晃悠，我也没工夫理会。你终于失了耐心，龇牙咧嘴地跟我吵了好大的一架，三天没理我。

等我好不容易恢复元气开工，你却得了怪病，手脚会突然无规律地发颤，你眼睛里的光又消失了，我知道你很难受，可他竟然荒唐地以为你只是在跟他玩闹，我气得与他理论，推倒了桌上的花瓶。

结果就是我被关了起来。

你病重那天，一直在柜门外无助地向我呱呱叫，我睡得沉，睁不开眼。你扒着把手，打开了柜门，轻轻挪到我身上，蜷缩着身子用爪子抚摸我。我感受到你滚烫的体温，身上瞬间像有个按钮被打开，我靠着身体仅剩的一点能量，带着你冲了出去，一遍遍撞他卧室的门。他终于醒来，看到门外奄奄一息的你。

那晚宠物医院召集了全北京最好的医生，甚至还和深圳的宠物专家开了视频会，也没有查出你到底得了什么病，最后只开了点打虫药，叮嘱他回家观察。

你知道吗？我真的好怕你就这么离开我了。回家之后，他悉心照顾你，你竟不药而愈了。事后我回想，听说猫也会抑郁，或许你真的没病，只是心里有雨，因为他换了工作后，时常不在家。

作为思想境界高的三好青年，不和眼界不同的人一般见识。我知道你爱他胜过爱我——那么一点点吧。

如你所愿，从这以后，他花了更多时间给这个家。不过不是因为你，而是因为家里住进了一个有洁癖的女朋友，她每天都会擦遍整个屋子，扫三遍地。人类真的很奇怪，见不得脏污，连头发丝都容不下，却可以容忍和另一个人亲吻。

我已经很久没工作了，浑身乏力，似乎是病了，抑或是陷入了迷茫期。总之这样一躺就是一个多月，这期间只有你还愿意枕着我睡觉。

北京落雪的清晨，窗边有些透风，凉意侵袭，他们让物业来贴密封条，顺便收走这个屋子的旧物。末了，女人指着我说："把它也带下去吧，坏了。"

他们好像要放弃我了。

我看着你龇着牙，浑身炸毛，朝他们不停摇尾巴。他们把你关在阳台，你用爪子挠着窗，眼睛里盛满了泪水。那一刻，我看见你的眼里，落下了星星。

　　我想过很多与你分开的场面。会有那么一天，我们头发都白了，满脸皱纹，但你仍然会跳到我身上，我带着你，踏过所有的泥泞与灰尘，直达属于我们的小小世界。

　　我知道你无力改变这个事实，人类才不懂我们的浪漫。会让人哭的故事，不一定是悲剧。

　　屋子回暖，你学着人类的方式，用爪子在结雾的玻璃上画了一个太阳。

　　那是你给我早开的晚霞。

From

坏了的扫地机器人

article_#14

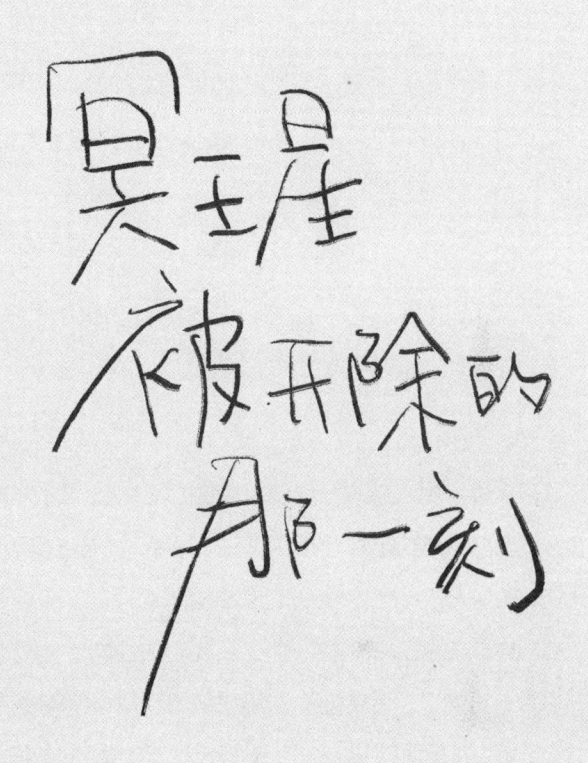

冥王星被开除的那一刻

你好啊，134340。

认识你这么久，还没看过你这么颓丧的样子呢。我们相识有多久，我已经算不清了，大概某一天一睁眼，伴着星盘尘埃聚集而起的烟火，就看见不远处，发着光的你。

我听到自己的心，咯噔了一下。我慌得按住胸口，心有余悸，以为自己病了。后来每天转啊转的，面对你这张好看的脸，心脏就会奇妙地打嗝，我想，这应该是所有矮行星的慢性病吧。

你是我唯一的朋友。

过去我总是因为身体冰冷而没来由地自卑，个子小，不善言辞，生怕说错话，索性就沉默寡言，因此其他卫星都热衷于给我起外号，用白眼瞧我，没人愿意靠近我。是你闯入我的世界里，抖落身上热腾腾的汗珠，露出光滑的皮肤，大方地展示热情，炫耀道："离太阳太近就会有这样的苦恼。"

你嫌其他卫星太聒噪，只有我与他们不一样，于是主动找我一起吃饭，玩猜谜，教我吹口哨，还会送给我好看的衣服，给我染了一头黑棕色的头发。

那时你还是太阳系行星家族的一员，是我心中的绝对偶像。我们离得很近，宇宙中深紫色的光晕把我们的脸照亮，我用余光偷看你，这应该就是青春最好的样子了吧。

你"喂"了我一下，轻声说："你是我的卫星，以后就叫你冥卫一吧。"

你真的好霸道，这跟冠夫姓有什么两样，我生气道："我是有名字的，我叫卡戎。"

你是我唯一的朋友。

我总想找机会与你联络，其实也没什么重要的事，就想问问你在干什么。我们最长的一次聊天，聊了两个小时。后来你睡着了，我就听着你的呼吸声入眠。

要知道我每次都会认真策划我们的聊天，想好多话题，不能让你的话头落在地上，陷入沉默。以至于我背了很多冷笑话段子说给你听，你很不给我面子，从来不笑。唯一笑了一次，是我讲了一半，没背住，忘词了。

我会注意你那边的天气，你稍有点咳嗽就担心到不行。你喜欢自拍，但我挺不喜欢与你一起拍照的，可能因为你太耀眼，就显得我好看得不明显。还有，我最近特别爱听抒情歌，以前摘抄的歌词，突然都能听懂了。

我变了好多，比如我不明白，当我看见天空有粒子划过时，为什么会想第一时间就告诉你。

不过还是特别想谢谢你，我终于学会快乐了。当接受了自己的拧巴和奇怪后，就可以不用再假装成熟、冷静，像大人一样徒劳地克制。我所有情绪都可以瞬间倾泻而出，稳定发疯，毫不避讳地爱，更可以无所顾忌地恨。

你是我唯一的朋友，我以为我们会是一辈子的朋友。

直到前几天，国际天文学联合会将你驱逐出行星家族，说你是太阳系的"矮行星"，你失去了原来的名字，被定义为小行星，编号是 134340。

我无法与你通信，你隐去脸上的表情，陷入黑暗。我不敢想，你到底有多么悲伤。我用尽力气喊你的名字，喊到第二十九遍的时候,你冲我嘶吼一声:"别叫了,那已经不是我的名字了。"

我自信地认为自己是你最好的朋友,所以才妄想能与你分担痛苦。但是那天,你忽然发起幽暗的荧光,咬牙切齿地告诉我,当初是因为要在行星家族里争取好评分数,才逼不得已跟我这种人做朋友的。

我是哪种人?

我这种人一直都知道,太阳远在离我们约五十八亿千米的地方,你身上的汗是假的,那些冰冻氮和甲烷,让你的皮肤表面全是冰层,你原本就是一颗由冰水和岩石组成的星球。你的直径约为两千三百七十千米,约为月球直径的三分之二,木卫二的四分之三,你曾是九大行星里最小的那颗。

你在冰冷漆黑的太空中旋转,我这种人比任何人都清楚,你太孤独了。

我们本就是太阳系内的一对双行星,现在我们都是矮行星了,再也没有谁是谁的卫星一说,我们是一样的。你不能伤害我,因为我不想为你哭,哭了,就代表你真的伤到我了,伤害会落下疤痕的,时间修复不了。

你失去一切,可你还有我;如果我失去你,我就一无所有了。

过去的漫漫长日,我绕着你公转,我们始终把自己最好的一面朝向对方。即便你是别有用心的,我也感谢你选中我,让我认清了自己。难道现在就不能信任我也可以将你带离悲伤吗?

这个世界上,那些所谓的名利、金钱、规则、感情,不过是那些自以为是的圣人粉饰的白纸,再漂亮,还是一张纸,撕一撕就破,揉一揉,字就看不清了。他们在意或者不在意你,都隔山隔海,在距离真实的你千里之外的地方,虚眼观察和轻易评断着你。你站上高处,他们送上掌声;英雄迟暮,启程下山,无人再关心。

除了你身后跋涉过的脚印,又有谁能证明你曾那么炽热地存在过。

你可以有很多次哭泣的时刻,走累了,心痛了,爱了,或是恨了,但都应该从自己出发,自我感受,绝对不是被别人除名的那一刻。只有你能决定自己的样子,有权利挑选让自己最舒适的方式活着。因为除了你自己,没人看见你的疲惫。

我每天都在观察你,在太阳系的边缘兀自旋转,微弱地反射着来自太阳的光,像个孩子似的,铆足了劲头,照亮宇宙的一个角落。说实话,我很羡慕你,谁不想去那个快意恩仇的江湖看看。但江湖太远,我不去了,我比较喜欢陪你吃饭,跟你说晚安。

请你做个坚强的人,像世界教你的一样,做个有勇气的人,就像你最初一样。

你知道吗?在希腊神话里,宙斯的哥哥哈得斯,是四大创世神之一。他被弟弟夺取王位后,听取普罗米修斯的提议,抽签到了冥界,统治黑暗冰冷的地狱,成为冥王,而卡戎则是哈得斯的船夫,冥河的摆渡人。

有时候,一个人善意的动念或者微不足道的一句话,就可以改变另一个人。但大多数人都只专注于自己的利益,吝啬给予,被爱而有恃无恐,所以他们一辈子都无法得到自己真正想要的。

我们存在,就会面临一万次的孤单,一万次的冷眼,一万次的恶意,一万次摔倒,再一万次遍体鳞伤地爬起来。没关系,宇宙浩渺,你并不孤单,总有与你很像的人,正在爱着你。

From

你唯一的摆渡人卡戎

article_#15

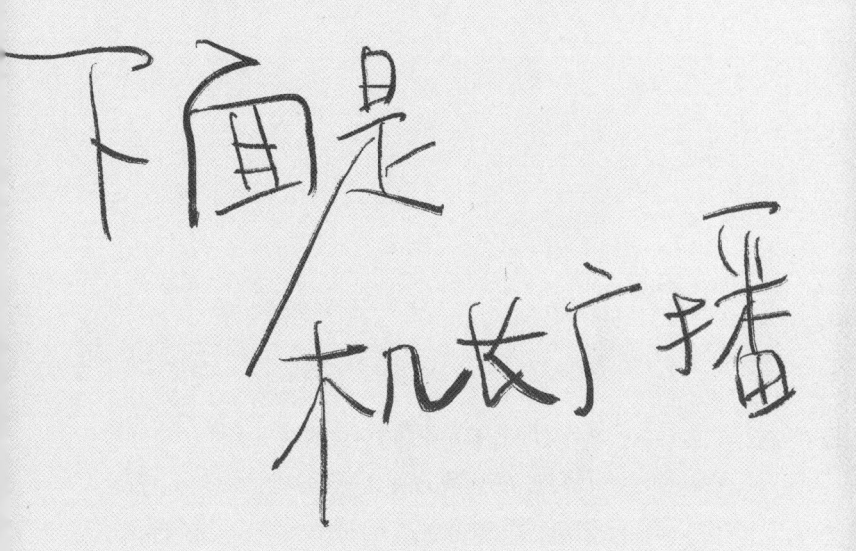

下面是机长广播

各位旅客你们好,我是本次航班的机长,你们可以叫我Ken(肯)。我们现在的巡航高度是一万零七百六十米,预计到达巴黎戴高乐机场的时间是晚上八点零五分。本次飞行中,如果您有任何需求,请与我们的客舱乘务员联系。但在这期间,耽误各位一点时间,请听完接下来这段冗长的机长广播。

我从小对飞行员这份职业有无限的憧憬和热爱。专属的制服,精密的驾驶室,还有腾云驾雾的超级视野,身后超过百人的旅行安全都与我有关,每次起降都被赋予使命,足以感受到自我与世界的连接。可是等自己真的当上了飞行员,除了这样日复一日的起飞降落,就只剩我妈每次见到我——儿子,把你制服穿上跟你叔叔阿姨四舅奶奶合张影——的困扰。

梦想就是一枚精致的果实，美好在于远观，吃到了，觉得甜腻可口，就没有然后了。或许我们热爱的，不是梦想本身，而是有一件事物可以憧憬和期待，人其实都活在一个奔赴的状态。

这样的日常偶尔也有例外，比如第一次与她相遇。她的iPad落在飞机上，不知道托谁的关系直接联系到了我们机组人员。听她说，是在六个机组人员的电话号里顺眼缘按了一个，信号就不偏不倚落在我头上。

那天落地后，我连收到她五通来电、十条短信。为了方便联系，我们加了微信，我对天发誓当时真的只是一腔热情帮乘客找失物，没有其他意图。毕竟不知道她姓甚名谁，连她的样子都没见过，我不是那么主动的人。

那台iPad最终也没有找到。但她看到我的朋友圈，知道了我的身份，这仿佛开启了她新世界的大门。她抛来一堆问题，说她从没认识过活的机长，问我机长家属坐飞机能不能打折，开飞机的时候能不能上厕所，是不是"人肉GPS（全球定位系统）"，飞机有没有刹车，以及时刻都像《冲上云霄》里的吴镇宇和张智霖那样帅吗？我被问傻了，严肃地回复她，飞行员在天上畅通无阻，地上该迷路的时候也迷得不客气。摘掉墨镜，脱掉制服，将我扔进人堆里就不打眼了，没有那些大明星帅,也没有开飞机的舒克可爱,我不过就是一个在固定岗位,做固定工作,工作流程比你们见过的稍微复杂一点,专业技能稍微严谨一点的空中巴士司机。

这一大段信息发过去后,她没了动静,十分钟后,只回复了我一个字:哦。

我好像太严肃了,随即发了好几个收藏的搞笑表情,她也不示弱,开始用表情斗法。我们就这样一来二去互动到了半夜,直到她问我:"空中巴士司机,除了开飞机,那你会谈恋爱吗?"我被问住了,琢磨怎么回复她。她又问:"你要不要试试?"接着发来一家餐厅链接。

我招架不住,面红耳赤地盘算着好长一串回复,怎么才能表现得绅士一点,不要显得是对方那么主动。脑子里的小剧场还没上演完,她又补充道:"你别误会,我是问你要不要试试这家餐厅。"

我承认自己被精准拿捏了。

我们认识的第三天,一起吃了饭。她非要抢着买单,说是要留下收银条做纪念。

第五天,她染了一头红色头发,两边编了小辫子,说是刚从山上徒步回来。她能量满格,像是一个冒险版的童话公主。

第七天,我们去公园看了樱花。她举着樱花形状的粉色冰激凌站在湖边,让我给她拍照。她看着照片,好像很满意,她说我过了最重要的一关。

第十天的时候，我们确定了恋爱关系。

我其实是个没有生活的人，从小成长环境闭塞，不太擅长和这个世界打交道，甚至到了我这个年纪，还有点社恐。如果要问除了开飞机，还有什么特长，大概就是不认床，哪里都能睡。前一晚准备飞行任务，看航图，看飞机的保留故障，预备各种特情的处理，第二天提前两个小时进场。走完所有程序，等着第一拨客人登机，开始一天的飞行。如此循环往复。

她不一样，她似乎来自另一个星球，天真烂漫，身上有用不完的精力。她有很多爱好，一个人也不无聊，后来我们同居，她也能制造热闹氛围，她有很厉害的撩汉技巧，她喜欢吃甜食，喝粉红香槟，不爱喝白水，嫌弃它没味道，还是个"咖啡脑袋"。

在我们认识之前，她是属于世界的，我是属于天空的。认识之后，我们不约而同，突然都很爱回家。

每个有飞行员男朋友的女孩，手机里一定会有一个叫Flightradar24的软件，可以模拟驾驶员飞行，时刻关注航班信息。她变成了半个飞友，看雷达，看塔台管制，关注机型是波音还是空客。有时半夜从梦中惊醒，第一个动作是找手机看看我到哪儿了,有没有遇上流控、雷暴,直到我推出起飞,起落安妥。

刚开始的时候她还觉得新鲜,不避讳秀恩爱,穿我的制服拍照,衬衫帽子领带全部到位,自娱自乐。后来开始对一切与飞机有关的新闻过度敏感,碰上一些飞行事故就担心。

我们好像直接从热恋过渡到老夫老妻的恋爱模式了,长时间彼此挂着心,等到下班见面,没人愿意闹脾气,害怕浪费一分钟相处的时间。我飞的时候,她就回归自己的小宇宙,做她想做的事;我回家,她就点来网红餐厅的外卖,陪我玩游戏,两个人傻待着就已经很舒服了。

有一晚,她病了,烧到糊涂,终于发来信息向我抱怨,说她与我的聊天记录里最多的两句,竟然是我给她发的"起飞了""落地了",因为飞国际线有时差,很多时候,连一句"晚安"都不太常见。

她安慰自己,难受有什么用,隔着千山万水又抱不到你。

她其实心里比谁都在意,只是不说,被设定好了倔强模式的女孩,好像就失去了软弱的资格。

有次浦东机场有雷暴,飞机降不下去,晃得厉害。说实话,我都吓着了。好不容易备降杭州,我听到身后的机舱里尽是乘客的掌声。我抹掉额头上的汗,开机第一件事就是看她的信息。果不其然，她一直关注着航图，连发了好多问询信息过来。我逗她："你这信息发太密了，怪不得我一路开着振动模式落到隔壁机场来了。"她带着哭腔说："都什么时候了还开玩笑，我都要吓死了，你怕是想上天啊！"我笑了笑，说："我刚下来，你就想让我上去啊。"

这种聊天方法是她教我的，她还教过我很多事。比如我在卫生间上厕所，她可以一边捏着鼻子说臭死了，一边开始刷牙；比如我吃了一半的食物，永远最好吃；比如她习惯睡觉的时候留半边的床给我；比如她养了两只叫"舒克""贝塔"的金丝鼠；比如她又去山里徒步了，翻完整座五台山，只为给我求一张平安符。

比如即使我们生活有时差，她仍然不会丢掉那一头红色的头发和值得去冒险的世界。毕竟在一段关系中，关注另一半，是天性，只要爱还在，付出和依附就是自发的，避不掉的，而照顾好自己，往往容易被忽略。爱着一个人，自己心里是满的，各方面状态都好，这是爱情最好的具象。

我曾经问过她，我没有时间陪她，她会不会难过。她给了我一个特别认真的表情，说道："其实有没有时间和要不要陪完全是两件事。时间不重要，陪伴的心更重要。就像舞剧台上用力跳舞的两个人，明明知道只有在高潮部分才能拥抱，彼此接触那一秒以后,就要立刻分开,但这一秒,对于他们来说就够了。那一秒的温存,足以感动自己和观众。"

如果爱情一开始是源于一场荷尔蒙作祟的各取所需,那经过就是一次棋逢对手的互相较量,结果就是花开两朵的各自成全。两个真心喜欢的人,互相填满彼此的生活,从感性的缱绻曼妙到理性的深思熟虑,共同度过平淡、现实、静待考验的每一天。

今年是我们在一起的第三年。她最喜欢的电影是《天使爱美丽》,曾说法国平民摄影大师杜瓦诺的《市政厅之吻》是神作。她想遇见每个转角的咖啡店,因为只有在巴黎,面对街道坐着喝咖啡才显得不那么突兀。

今天她也在这架飞机上。

我不够豁达,所以习惯性地保护自己,虽然飞上了上万英尺[1]的高空,落到人间还是会被现实同化。面对她,我真的是个普通人。看过的那么多风景里,她是最美好的,所以我一直觉得她值得更好的人,但我想成为那个更好的人。

抱歉现在不能立刻冲到你面前,掏出这枚戒指给你,但等

---

[1] 英美制长度单位,1 英尺合 0.3048 米。

接下来这首歌放完，如果你感觉到位，就点点头，嫁给我吧。

这个世界让我变成刺猬，但你教会我温柔。

City of stars（星光之城啊）

Are you shining just for me（你是否只愿为我闪耀）

City of stars（星光之城啊）

There's so much that I can't see（世间有太多不可明了）

Who knows（谁又能明了）

I felt it from the first embrace I shared with you（我感觉到你我初次拥抱时）

That now our dreams（所怀有的那些梦想）

They've finally come true（都已一一实现）

City of stars（星光之城啊）

Just one thing everybody wants（每个人翘首以盼的）

There in the bars（就是那热闹的酒吧中）

And through the smokescreen of the crowded restaurants（以及烟雾袅袅的嘈杂餐馆里）

It's love（名叫爱的东西）

Yes, all we're looking for is love from someone else（是的，人人都想从某个同样孤单的灵魂里找到爱）

A rush（也许是匆匆擦肩的某一刻）

A glance（或某个抬眼的一瞬间）

A touch（也许是不经意的轻轻触碰）

A dance（一曲舞蹈）

A look in somebody's eyes（从某个人眼中看到的光）

To light up the skies（足以将夜空都点亮）

To open the world and send it reeling（足以打开世界的新篇章 不复悲伤过往）

A voice that says, I'll be here（好像有个声音总在对我说，我会等你）

And you'll be alright（请你放心）

I don't care if I know（所以我不会在意自己是否清楚）

Just where I will go（将要到达的目的地）

'Cause all that I need's this crazy feeling（我只愿感受这奋不顾身的疯狂爱意）

A rat-tat-tat on my heart（以及我胸腔里怦怦跳动的心）

Think I want it to stay（希望这爱意能永驻我心）

From

你的空中列车司机

article_#16

退休函

各位文学院的男同学，今日是我最后一日当班，没有留待夜里同你们告别，主要是怕见着你们男子汉的眼泪。离别的场面伤神，人一辈子不能经历太多次。我就把这段回忆当作怀念，写成一封长信，与君分享。

看过的书里，李白可以酒入豪肠，七分酿成了月光，余下的三分啸成剑气，绣口一吐，就是半个盛唐。而我这等半路出家的山寨文化人，就闲来啰唆几句，还望不要笑话。笑出来的那几个，我都会做好记录，未来一个个修理。

成为你们文学院的宿管阿姨已有十余个年头，一晃就到了退休的年纪。当时选择来大学工作，是觉得氛围特殊，毕竟这里装着的是你们成人仪式后，最好的半熟年华。见着你们每一个,就像看到自己孩子似的,尽管他的样貌也就停在了这个年纪。

如果他还活着,应该也是个挺拔的青年。怪我,伤心事就不再絮叨了。

你们说我保养得好,看不出年纪,亲切地唤我为小华。路过我的屋子,总会捎带一点零嘴,知道我爱读书,就隔三岔五地给我送上几本新书。我自认了解你们,当然爱是相互的,有时对你们太好,好到总端正不了自己的立场。偷开小灶使得线路跳闸,有人找我"擦屁股",我从未上报过。那几个夜不归宿的惯犯屡教不改,我每回骂你们很用力,给你们开门倒也是勤快。别不承认,外人见你们都是"文人",我知道你们,怪在肚子里,淘气在身上,但善良在心里。

三〇一寝的,当时你们带起了养宠物的潮流,不知从哪儿弄来一头猪,沸腾了整栋宿舍楼。后来被我发现有养猫的、养金丝雀的、养珍珠熊的,竟然还有人养蜥蜴。我无法想象我上报给学校说你们遵纪守法、爱惜寝室,结果辅导员查寝时,却是鸟语花香、惊声尖叫。

一两只可以忍,变成动物园就说不过去了。

于是我拍下每只动物,印成照片,背后写上主人的劣迹,贴在我屋子门口。宠物消失一只我撤下一张。终于在校领导检查前，一切回到最初的美好。

另外隔壁三〇二寝的，我知道你们找理工的同学偷偷改了宿舍线路，每晚到了十一点半也不断电，夜夜笙歌，还斗胆开了间"深夜食堂"，冒菜煮得我这里都闻得到味道。虽然特别想问你们火锅底料从哪儿买的，但还是劝君回头是岸，听说下一位上任的阿姨鼻子比我还厉害。

与你们相处久了，自然知道对付你们的法子。

二二三寝找我诉苦的同学，当时你的下铺晚上睡觉爱讲梦话，讲话无碍，还唱歌，唱歌也无碍，但跑调就不对了。你准备好晾衣架，只要半夜下面开唱，就用衣架敲床，后来衣架不管用，你就用弹弓。直到两人为此打了一架，前来我这里争论。我听了你给我的梦话录音，我当时怎么与你说的，保证拯救你于水火，哦，不是，同学间一定要互助友爱。

在你买好水枪前，我给下铺介绍了个女朋友，于是他搬出去住了。爱情眷顾有准备的人，其实我早就发现那个女同学常在门口制造偶遇，顺水推舟罢了。

说起处对象，你们文学院的男同学比较内敛，说好听点是文艺，难听点是娇气。记得有位同学，为了避免引起笑话，我就隐去他的寝室号。他失恋那天，喝得烂醉如泥，三更半夜回来，第一次翻墙，结果裤子被铁门上的尖柱穿了个洞。我梦里依稀听到有人哭，醒来打开门被惊着了，只见他倒吊着挂在大门上，我费了好大的力气才抱他下来。他拽着那"破洞裤"，一见到我，不知怎的哭得更厉害。这小子还没醒酒，我便给他倒了杯热水。他眼波流转地摸着我的手说："这辈子没喝过这么好喝的饮料。"我叹了口气回他："小伙子，我都是可以做你妈的人了。"他双眼一闭，终于知道自己醉了。

你们这个年纪的爱恨情仇我见多了，无非是在谈感情的时候拼命感动，被感动的时候误以为是感情，殊不知感动与感情之间差了一次深谈，一个亲吻，一段相处。

你们作为男人，谈恋爱要摸清女孩子的言外之意和欲言又止，不是女孩子们爱玩猜谜游戏，正话一定要反说，而是有些男人太笨。阿姨是女人，但不只是为女人讲话，这个世界上痴情的孩子不在少数。现在你们都喜欢说做自己，潇洒转身当然值得被歌颂，可是能大方离开一段关系的，都是有选择的人，而那个被留在原地的人，往往没人在意，其实他们最辛苦。

保护好自己，如果感情散场了，你还不愿离开，那就在黑暗里坐一会儿吧，掉泪的人无罪，忍忍就过去了。

刚来学校的时候,我每周会去市中心的老人院做义工,觉得与比自己年长的人聊天,能活得更通透。我相信二一二寝的同学们也能明白,那会儿他们也常跟我去照顾老人。几个年纪相仿的孩子看似志同道合的,结果在学校做创业项目时闹掰了,现在那寝室里只有爱穿花衣服的和那个瘦高个儿了吧。

我是局外人,孰对孰错不予置评。你们年轻,身上燃着火,据理力争,很难退让一步,谁都不想亏待自己,但凡有点资本就想写个告示牌挂在身上。但成人世界的社交法则是只给出去一半的自己,保持点神秘感,有时候反而会变成安全感。被剧透的故事,就少了一半的可读性。人也是。

你看那些聪明人,成日疯癫懒散,考出来成绩都比你们高。

同学们,大学四年一晃而过,你们在这四年对未来抱有极高的期待,但我不得不趁此刻泼一桶冷水,因为能对你们说真话的人不多。等你们毕业了,你们会发现大多数人都过着自己不喜欢的生活,甚至你们会经历一个觉得"原来我这么努力,就是为了让自己过得不好啊"的阶段。现实有时挺糟糕的,你们幻想的未来是应试的诱饵、文学的修辞,真正的生活去掉滤镜,样貌并不可爱。

阿姨不是为了吓唬你们,而是想让你们有个心理准备。毕竟有的南墙还是需要亲自撞上，只希望大家不妄言，不做平添烦恼的计划，学会自己做选择，并承担选择带来的结果。在忙碌的世界，成为各自茂盛的树，自己枝叶繁盛，更要学会成全别人。

没坏在你身上，就是好的生活。

请珍惜你们剩下的学生时光，不是因为它多么好，而是因为它最纯粹。人到最后，只会留恋简单的东西。

不信你们过着看。

好好把握属于你们的每个机会吧，守护执念，保持善良。爱情、性格、情绪、花销，都要控制在九分之内，留一分退路给自己。今日所做的事，皆是明日的心甘情愿，寻得良人，情牵半生。要做透明的人，潭中鱼可百许头，皆若空游无所依。

唠叨至此，只因情谊深重，但深重不过你们接下来会遇见的更多人，我的世界如是这般，而你们的折叠铺展，欲将开始。

就此告别，无挂无碍，山水终有相逢。

纸短情长，伏惟珍重。

From
小华

article_#17

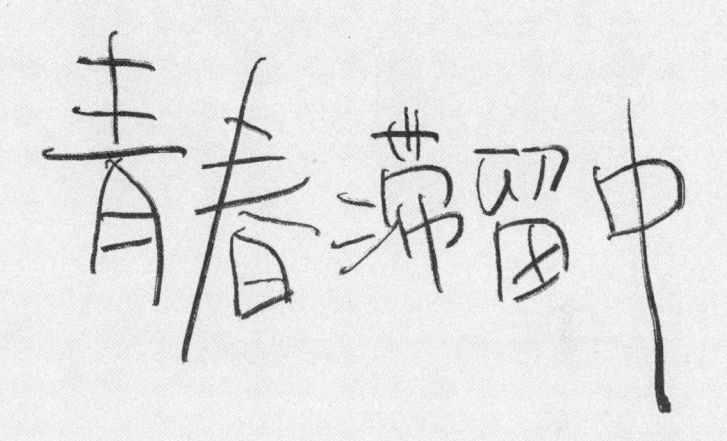

青春滞留中

你走的那天一点预兆都没有。

好歹也该风云变色、六月飞霜什么的,或者至少让我心口猛然发堵,感觉有什么事要发生一样。但是,都没有。

从你的葬礼回来,我翻着我们的 QQ 聊天记录,无尽伤怀。突然看见你的对话框上显示着"对方正在输入……",我被吓个半死。

你发来信息,说虽然你人不在了,但已经设定好了智能机器人回复。

这个机器人强大到什么程度?知道我的外号,我的内裤尺码;知道我小时候喜欢抠鼻子,还把鼻涕蹭到桌底下;知道我家哪层抽屉里有不可描述的碟片,哪双限量运动鞋是莆田产的;知道我每天早上会准点喝一杯蜂蜜水养生,晚上再与兄弟们吃一顿二十多块的麻辣梭边鱼,外加几打啤酒;知道我谈过几次恋爱,邻居家那个长发爱穿裙子的女孩是我最近的目标。

我问什么它都秒回,连表情标点都是你经常用的那些。我们之间的互动与过去唯一的不同,就是你不会主动联系我罢了。

有时恍然,总觉得你没死,只是换了个活法。

高中毕业后,我离开了我们从小生活的那座小城,我是带着与过去诀别的心态离开的,所以没带多少行李旧物,唯独留了一本同学录。有件事没告诉你,我把你没写完的那页同学录给补齐了,特意模仿你的字迹,写了封洋洋洒洒的临别赠言——一辈子做你的小弟,爱你一万年。

谁叫你活着的时候,总想当我大哥,你不在了,我就可以肆意欺负你了。

时间一晃而过,我把我所有的生活,都事无巨细地向你汇报:大学挂了多少科;积极入党;科目二考了五次才拿到驾照;上班碰上多少个倒胃口的甲方,以及多少个不在乎员工死活的领导；隔壁板间的男生换了多少个女朋友；每天通勤要从最西边坐一个小时地铁到最东边，有次睡着了，还把口水流在了一个老头肩上；西边新开了一家正宗的重庆火锅店，辣到第二天如厕在马桶上流泪那种；北边开了家很大的网红早餐铺，清晨就排很长的队，哪儿有我家楼下的煎饼摊子好吃。

我以为这个智能机器人无所不能，可以完美替代你。直到有一天，我问你的意见，到底要不要花两个月工资换一台"爱疯"（iPhone，苹果手机），你问，什么是"爱疯"。我告诉你今天吃了人生中第一家米其林餐厅，手游里我又送了好几次人头，你开始用"你在说什么，我不知道"频繁回答我的时候，我傻了，像是如梦初醒，惊觉脑中的乌托邦早已成了废墟。

在你的世界里，手机只有诺基亚，N95是"机王"，最火的游戏是《传奇》《梦幻西游》，听歌的工具是MP3和CD机，《超级女声》是街知巷闻的选秀节目，同学们喜欢去街边拍非主流大头贴，男生们收集球星卡，女生们买校门口一毛钱一根的塑料杆子编星星。你没见过围城般的钢筋森林，名利与金钱抖落的满地霓虹，不知道线上可以看书看剧，出门可以电子支付，只要有手机，人就可以活在自己的孤岛上，与真实世界若即若离着。

你早在我高中毕业那年，就被迫踩下刹车，提前离场。这个自动回复的机器人再智能,也只会整理你的过去,无法杜撰你的未来。

我突然很悲伤,魔怔般地泪流不止。兄弟,那年匆匆失去了你,未完成的遗憾悉数在此刻补回,以前是无话不说,谁都不愿意先断了话题,现在是无话可说,彼此的消息没了意义。

我终于明白,那年在同学录里写的爱你一万年,竟只是一眨眼。我长大了,你却还困在十八岁。

我是一个工作运很好的人,做第一份工作就混成了市场部经理。在高尔夫球场上认识了几个新朋友,一个是玩极限运动的,一个是网络大电影的导演,还有一个是做物流生意的,他长得有点像你。我一度觉得你从手机里跑出来了。他也留着平头,眼神里有水,竟然也在小的时候唱歌太用力,把脸唱坏了,得了颞下颌关节紊乱综合征,因此左边脸比右边稍稍歪一点。我们聚餐那天,我喝多了,抱着他痛哭流涕。我给你发信息,说我看到你了,你回了两个字:呵呵。

你知道现在的"呵呵"已经代表嘲笑了吗?还有微笑脸的表情,这玩意儿也不是表达你很开心的。

我问你:你会忘了我吗?你快速回复:不会。随后又问我:你呢?

印象中好像是这机器人第一次主动问问题。我想了想，说：可能会。

那一刻，我的迟疑是真的。故人已去，我又怎能与一个机器人说道永恒的感情呢。越长大，就越发现人生是个一路走一路丢的过程，得到来自现实的林林总总，又丢下曾经挚爱的零光片羽，最后不再期待拥有，也不遗憾失去，而这其中变化的原因，你无从知晓。

佩索阿说过，在那个我们称作生活的火车上，我们都是彼此生活中的偶然事件。这么多年，我必须学会接受，这辆疾行的列车往前奔赴，我余生最重要的日子你也无法参与，因为看到的世界不同，所以话题甚少，便不再有相聚的意义。

我也该放下了。

今日提笔写这封信时，你已经走了十五年了。时常做梦，回到我们上学的那些夏天，落日的球场，没剩几个同学，你躺在我腿上，单手转着篮球，我戴着耳机听歌，与你喝同一瓶可乐。男女生的恋爱都没有我们这么好看的"暧昧期"。

后来我换了两家公司，如今已经创业做了自己的连锁餐厅。我在三十一岁那年结了婚，对方是个新疆姑娘，人美心善，远超过我们青春期幻想的所有对象。我还有一个两岁的女儿，叫小菠萝。

高中的同学会，我就去过两回。场面尴尬，大家都在比谁混得更好，再无其他话题，后面也就各自散了。曾经那三个打高尔夫认识的朋友，只有玩极限运动的偶尔还有联系，另外两个也就是朋友圈的点赞之交。跟你长得像的那个，胖了。还是你帅一点。

人与人的感情真是捉摸不透，一两件小事能让十几年的感情说断就断，而有些朋友像是身体自然的新陈代谢，没有决裂，没有客观事件影响，从某一天开始，两个人就是渐行渐远，不联系了。

这趟列车停站太多次，给了我们选择和诱惑，因此各自都闷不作声，去成为理想中的那个人，谁都没错。

我们注定在各自的天空下灿烂，就像当初你在千万人中选择了与我做朋友，如今把我还回千万人中，因为你觉得我值得更好的生活。

抱歉，因为最近一次换手机，资料全部清空了，我想了好久自己的QQ密码，怎么也想不起来。我现在都不用它了。我也已经很久没有打开你的对话框，问候你在干什么，向你报告我的日常。

今年春节我回我们母校了,学校被市教育局收了回去,校名都给改了。新修的大门和教学楼特别奢华,怎么什么好事都没被我们赶上。校门外的商铺被推了,街道加宽成了四车道,说是能直接开去五环上。城市好贪婪,连最后一点净土也吞掉了。

我们常去的音像店早已不见踪影,没人再买碟了。但必须说个很骄傲的事,周杰伦、林俊杰还是天王,现在的"一〇"后也听他们的歌。那些旋律响起,我就能回到过去。

还记得有一天,我又喝得烂醉,我向你抱怨生活的不容易,你发来一句伤感鸡汤,安慰我说:我依然能陪你聊日常,可再没办法陪你颠沛流离。

嘿,你知道现实最残酷的,不是什么颠沛流离,而是情绪的折磨。长大了,一点都不好玩。

你和故乡,都没走到现在,其实挺好的。能活在人们的记忆里,就是无恙的。

我清楚地知道,这应该是我给你写的最后一封信,以后不会再叨扰你了。

人生大梦一场,青春的列车呼啸而过,邻座残留着你的气味。兄弟,谢谢你来过这个世界。不管你能不能看见这些话,无论你是宇宙一抹星辰,还是尘世一粒沙,是街边摇尾巴的小狗,还是一朵矮牵牛花,只要你愿意,随时就能获得快乐。

小时候没讲过这些婆妈的话,长大了,人的心就软了。你没见过这样的我,见不到,也罢了,毕竟又不争气,落了泪。只怪这长夜的气氛太伤人,有时手机响起,总以为是你给的温柔。

From

终于要与你告别的好友

article_#18

请来打扰

你好姐妹，只能这么称呼你，原谅我还来不及知道你的名字。

你不用知道我是谁，我就是你的一个普通校友，这几次见你，都是在图书馆。有一次坐在你对面，但也许我太普通了，你不会记得我，人山人海，你也不必记得。

为什么想写这封信给你呢，首先，我真的太喜欢你的打扮了。

漂过的黄色头发，衬得冷白皮的皮肤更加细腻。五官长得也深得我心，我就是想让自己下唇再厚实一点，下眼角再垂一点，睫毛不用太长，眉毛像你这样，一头一尾，浓度一致就好。

我很少见到有人一身五颜六色又如此协调的穿搭，你总是灿烂的，但不刺眼。记得有一次，你穿着 tiffany（蒂芙尼）

蓝的裙子，内搭透出了蓝灰色褶皱材质的裤脚，玩味地踩着一双搭扣黑皮鞋，上身是灰色条纹毛衣，最外面裹着驼色呢子大衣，基本款的挎包也是 tiffany 蓝色的，上下呼应得格外好看。

明明都是来自习的，只有你最时髦，重点是有一种毫不费力的松弛感。这样的女孩子，真的好有魅力，美好大方，认真生活。

我也想成为这样的人。

其实第一次遇见你，不是在图书馆，而是在校外那个种了很多樱花树的公园里。樱花满开，树下的游客熙熙攘攘，我看中了一棵花枝最茂盛的樱花树，不免俗地排着队，拍照留念。

留住记忆是人类堆砌人生意义的方式。所以我的一万种日常中，拍照先行，不论是打卡网红餐厅、喝咖啡、旅行、逛展、看演唱会……都习惯拍照记录，比起自己的肉眼，我更在意手机背后的电子之眼。

说实在的，我也不知道即使丢了几张照片，失去几段记忆，我这原本就缺斤少两的人生会有什么差别。但人总是这样，越富足的时候越觉得缺少，万种信息都囫囵吞下，像一只可爱的"电子仓鼠"，留着就行，万一以后有需要呢。

那天，我在人群中注意到你，你独自一人，仍然是一身绝佳的穿搭，只是你从未拿出过手机，别说自拍了，连拍樱花的动作也没有。你在各处樱花树下游走,近距离观察花朵的样貌,你抱着几棵树的树干,好像在与它们交谈,像是个生动的自然科学家。

视线跟丢了你,再找到,你正躺在一处草坡上,身下也没有餐布垫纸,不介意路过的行人,忘形地贴着大地,就这么让随风吹散的樱花花瓣落在身上。

我竟然被感动了,你成了风景。

也不知道从前那些心驰神往的抵达中,我到底看没看到过真正的风景,不然记忆怎么沦落到只能靠照片证明呢。

这场生存竞赛中,比起掉队,更可怕的是,习惯了。

这之后,我看到了很多关于灵性的讨论,说最能为自己充电的方式是去大自然。我花了更多时间在自然中,如果感到疲惫,就去抱抱树。抚摸树干上深深浅浅的纹路,身体里有一股暖流,莫名感到安定,像是秋裤扎进袜子里,小时候因为淘气,手插进超市的米堆,搅啊搅的,心痒痒。

我还学你,无所顾忌地躺在草地上,仰头看天。云卷云舒,原来这么好看。鸟群会在空中跳那种很新的现代舞,偶尔看到一架拖尾的飞机划过,用手指模仿相机框下它,传说中框一百架飞机,就可以许愿了。

这是一场迷你的逃跑。

我来图书馆是因为没多少自控力。一个人待着，资料看不进去，摸东摸西，再哼个歌，看会儿短视频，一天就过去了。

看你最近在准备英语考级，有时又在看小说，你也有手机不离手的时候，甚至来了大半天，都趴在桌上睡觉。可你总是一脸云淡风轻，心安理得地浪费时间，也不知道你是真的情绪稳定，还是不擅长表露情绪。

我要是你，只会在又废了一天后，拼命责怪自己，然后第二天继续在上进和躺平中反复横跳，完成完美的内耗闭环。

你神出鬼没的，一段时间不常出现，一段时间又集中出没在图书馆和食堂。两点一线，你总是独来独往，似乎没人能走进你心里，但你也不像是那种冷酷美人，毕竟和食堂的打饭阿姨都能聊很久的天。

我无意间点开过一个青年义工旅行的公众号，在推送中看到你的照片，才知道你经常离校的原因。

你就是不太喜欢一成不变的生活，不想当游客，重在像当地人一样去体验，所以用做义工的方式换食宿，生活在别处。

你这次去的地方是三亚后海，在一家网红民宿做前台登记接待的工作，做一休一，有大把的时间玩耍。照片里的你仍然留着标志性的金色头发，素颜，笑得灿烂。你从三米的山崖上跳进海里，肆无忌惮地穿比基尼，和新认识的伙伴们在沙滩上跳舞，喝醉了就跳进泳池里，游到清醒。你们徒步去很远的山脉，追了很多场日出日落，赶了海，吃了美食，对海上的月亮说了一个月的晚安。

文末，你说，正因为这个世界没有什么是永恒的，所以要珍惜每个瞬间。

原来这个世界上，真的有人在你看到的时候疯狂散发魅力，又在看不到的地方，过着你不曾想象的生活。

我太恋家了，主要是怂，没有出走的勇气。我社恐，不太喜欢热闹，也不想改了，所以也不羡慕你这样的旅行方式，只是由衷喜欢像你这样有个性的人，自由，生命力旺盛，永远有一种不被世界驾驭的能力。

这才是人类活在这个世界上的底色。

书上说，要学会随喜，就是真实地称赞一个人的优秀和美好，为他们取得的成绩而开心。不仅是因为善良，也是因为自己也会吸引那样的运气和美好。

我们的教育里，不太会真的希望一个人好，或者说比自己好。你随便点开网上的评论，大多数都是嘲讽，没多少人愿意敞开心，祝福一个活在自己生活之上的他人。

究其原因，我们就是这么长大的，没有什么被表扬的机会。家人不说爱，永远有个别人家的孩子；朋友也有些碍口，暗自较劲；更不指望男朋友了，普通且自信着。

我是个十足的I人[1]，看人的眼睛说话，容易结巴。只好趁你离开座位的这段时间，写下这封信，只是想告诉你，你太酷了，你真的是个很好很特别的女孩子。

不用回信给我，也不用试图在这里找到我，因为太害羞，我此刻已经在奔回宿舍的路上了。脑子里上演着你看这封信时的小剧场，希望你是笑着看完的。

如果有一天我们在一棵树下相遇，抱它抱得最投入的人，就是我。如果可以，开口问好这件事，就交给你吧。

我不忙，请来打扰。

From

有在努力变好的小迷妹

---

[1] 指性格内向、内倾型的人。

article_#19

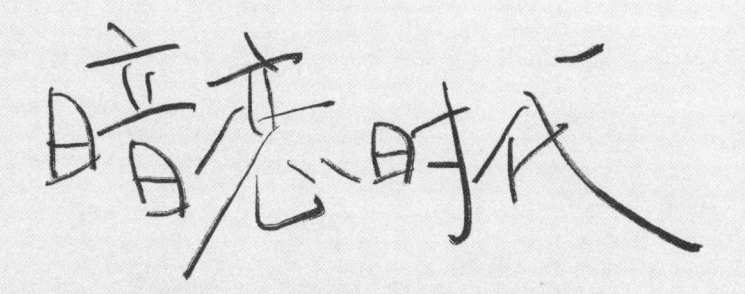

暗恋时代

前阵子看过一段演讲，说为什么我们总爱怀念青春，青春有什么好，幼稚自负，为赋新词强说愁，能力撑不起野心，精神不自由，还穷。但就是这种过程的未知，才有了幻想的价值，比如会不会多走一段路，就能跟喜欢的人牵手？比如坚持任性再多半个学期，就能交到盟友。

张同学，我的青春绕着你，组成了那个暗恋时代的全部故事，傻里傻气、无知、偏执、果敢……偶尔怀念它，也不错。

你在隔壁班，我们之间被一个厕所隔着，所以那些年多数与你偶遇的场合，都在卫生间门口，以至于我现在闻到氨气，就想起你。

喜欢你，始于手好看，陷于睫毛长，敬于声音好听，久于你手臂肌肉线条，忠于你沉默时的破碎感。综上，还不是因为你长得好看！

起初暗恋你的招数比较低级，大概是偶尔翻翻你的微博、朋友圈，只不过这个偶尔说的是早晨睁眼的第一秒，洗漱的时候，等公交车的时候，上数学课的时候和夜晚不忍合眼的最后一秒。有句话说，人的脸上有四十三块肌肉，可以组合出一万种表情，我怎么能做到不动声色地看向你？所以每次你出现，我都很喧嚣，只会忍不住龇牙咧嘴地用余光瞟你。

暗恋的中级阶段，我与你身边的好朋友成了朋友。其实我大可不必这么做，但为了不被看出来，只能不得已对所有人都好。从他们那里，我打听到你常用的音乐软件，每天循环你的歌单；晚自习结束后潜进你们班，将自己喜欢的零食塞进你的课桌；收集银杏树叶做成书签送给大家，其中给你的那片是最大的；为了假装偶遇，每天下课都去厕所，我一个超级不爱喝水的人，只能硬着头皮灌自己；还在豆瓣小组里发帖，让每个有缘的路人留下一句对你的生日祝福。

暗恋的高级阶段，就是有一天你通过了我的微信好友验证，给你发的第一条消息，是我从八百个表情包里来回选才选出来的一个"呵呵"。对，就是那个微信自带的黄色微笑脸。

我一个善用表情包"斗图"的勇士,对此很惭愧。

自此以后,每晚入睡都很有仪式感,列好了一整张纸的话题,总有一个会换来你的一句"晚安",但在这之前,我一定会洗好澡,敷完面膜,再钻进被窝,好趁着这句"晚安"还热乎的时候,在梦里遇见你。

都说暗恋心酸,但我觉得偷偷喜欢你久了,反而容易满足,世界都是粉色的。每天上学搭的公交车不是公交车,是去城堡见你的南瓜马车;抱着手机看你的上一句回复像捧个三代单传的孩子似的;发了一条处心积虑的朋友圈,你点了赞,我在心里点了烟火;听你的朋友说,你好像对我还挺好的,我嘴里说着没有啦,手却不听使唤噼里啪啦重拳打在他们身上。

你看我一眼,不看我很多眼,心如死灰,死灰复燃,如此循环往复。喜欢一个人,本就是值得高兴的事,我只是你的不一定,但只要想到你是我的确定,茫茫人海,在放弃喜欢你之前,我都觉得自己是幸福的。

后来我怎么也想不到,高中文理分科后,我们变成了同班同学。那时我只有英语好,你弄不懂过去时和过去完成时,只要问我,我就脸红,以至于我到现在都不敢看"have been"

和加了"ed"的动词。

我们第一次亲密接触是在社会实践回来的路上,我最后一个上大巴,只有你旁边有空位,我很不自然地挨着你。突然你脑袋搭在我肩上睡着了,我僵住不敢动,空气中混着你身上好闻的肥皂味和我全身散发的汗臭味,我直挺挺坚持了一个小时,末了扶着腰下了车,你问我一句怎么了,我说被你睡的。

我就说自己不适合讲冷笑话。

我们学校里有一块农地,每个班都会认领一块地种花种菜,作为期末考核的实践分。那次我们把种好的玫瑰拿去市里义卖,我守着一朵亲自照料的玫瑰,叶子被虫蛀了个洞,很打眼。我还给它起了名,叫小Z,就是你的姓氏。义卖结束后我把它送给了你,结果你把它送给另一个长发女生,作为交换,送还我一朵菊花。

那天我一路忍到回家才哭出来,哭累了就给菊花剪了枝,插在花瓶里养,没出三天它就凋谢了,我又掉了泪,养出感情来了你懂吗?

喜欢你这回事,像经历了一场重要的全科考试,我要揣摩你给我布置的阅读理解,要证明我与你不只是平行线,要恩爱过李雷和韩梅梅,下笔时斟字酌句,生怕丢了一分。但事后总能想到更好的回答,如果当初这样,后来我们会怎样。

今天我穿着校服回到我们的高中,也是因为学生放假,主任才特许我们进来拍婚纱照。从我的教室出来,再往前两步,就是那个卫生间,味道还是如初,来到这里,就想起你。

前面就是你的教室了,下课铃声响起,如果运气好,会看到你从后门出来,与其他男生站在走廊上撒欢,宽松的校服搭在肩上,露出里面你最爱穿的牛仔衣。

铃声适时响起,你从里面走了出来,问摄影师站在这个位置可不可以。看着你,就想起我可爱的暗恋时代。我从不过问,那些年你到底知不知道我喜欢你,因为有些问题不再重要了,记忆很麻烦,很多细节需要重新拼贴剪辑。

我只知道,青春如云而过,在成人的天空下,你带我回了家。

From

暗恋过你的新娘

article_#20

跑着去远方

弟，我拿下了人生中第一个全程马拉松，此刻没与跑团的人庆功，自己在家里，刚喝完两罐啤酒。看到新闻，NASA和谷歌共同宣布发现第二个太阳系，这是人类历史上发现的首个和我们太阳系一样有八颗行星的星系。

弟，你去那儿了吗?

你离开的那段日子，我一直在看天文相关的资料，想象宇宙的开端，创世前的虚无，连做梦都在脑中探寻十一个维度，空间之外的空间。那些茫茫宇宙的热物质，在数光年间集结，是不是就组成了你和我。

只有看见银河系外的星系，才能体会到自己渺若尘埃的乏力感，因为微小，也就有了妥协的能力。

听说人死后会氧化成尘埃，变成停靠在窗前的蚊虫，化作啤酒瓶上相邻的啤酒花。至此我注视过阳光下扬起的灰尘，闻过每一瓶啤酒，与每一只蚊虫打招呼，可你都不舍得给我一丁点信号。

你应是玩得尽兴，我原谅你了。

六年前的绝望岁月，我陷在床上彻夜失眠，痛恨自己忽视你的抑郁，没给你足够的关心。我也想过所有自杀的办法，铁了心要跟着你去。那天我偷了保安的钥匙，上了公寓顶楼，时值盛夏，空气里裹着热浪，我站在水泥围栏上，头上是三尺神明，脚下是惶惶人间。不知何时吹来一阵风，我竟然怕了，坐回栏杆上，哭了一晚，恨自己是个没用的姐姐。

你究竟独自经历了多少黑暗，才丝毫不惧怕这纵身一跃的了结。

那时候，我是真的不明白啊，甚至怪过你，于是一颓就是一整年，直到交不起房租。妈年纪也大了，独自在老家挂念，为了这个家，我才试着重新接纳这个世界。

你走后，我比较寡言，进了一些抑郁症患者的互助群，想了解你。我才知道，你不是因为不开心才生病，而是因为病了，才容易悲伤。那些被放大的情绪，没有任何人有资格指指点点，我们随便说一句"你要快乐"，才是最大的冒犯。

如果当初我早一点抱抱你，告诉你其实不快乐也可以，或许你就不必表演积极，努力抵抗这晚来风急，忽至的骤雨。我其实也喜欢雨天的，听着窗外淅淅沥沥的雨声，天与地半遮半掩地撩起灰色轻纱，像是一层安全的结界包裹着我。我在里面吃饭睡觉工作，无比惬意。

我应该与你一起看雨的，而不是像不懂你的人一样，想让你成为太阳，要你发光，让这个吊诡的世界欺负完你，还逼着你处处晴朗。

于是，我开始尊重每一个用力活着和用力死去的人。

后来因为工作的关系，我认识了一个夜跑的朋友。生日那天，她送我一双气垫鞋，二话不说就带我绕着市民广场慢跑，沿途看尽这一年我错过的所有市井生活。在这种身体保持一个重复的频率，不紧不慢的游移中，心中忽然生出一种奇妙的安定。我没怎么跑过步，好几次跑得腹腔抽着疼，想放弃，但只要这种安定感一出现，就停不下来。

像是在海中望见一处坚固的灯塔，落叶准确地落在湿润的泥地上，穿行的人海中唯一在你身上停留的那个眼神——就是它了。

第二天我就加入了当地的跑团。弟，你能感受到吗？走路太慢，开车的话又被物理空间束缚，只有跑步时，感受到吹过面颊的风，闻到每一条巷弄特殊的气味，才能说服自己与这个世界是有联系的，它没有抛弃我。

这些年，我时常想到你，沮丧的时候，就俯身系紧鞋带，向远处迈步。每年我都会去世界各地跑马拉松，印象深刻的是在美国西岸第一次跑半程马拉松，当天还有很多"刀锋战士"参赛。他们在伊拉克战争里失去了腿，装着义肢，但跑得比一般人都快。

结束后，我们放弃回城的吉普车，而是穿行在夜晚的一号公路上，趁着没有车子来，一伙人发了疯，躺倒在路中央。

身上余热未消，我能感受到眼角汗涔涔的雾气，看着天上悬着的整片银河，身上的内啡肽和多巴胺作祟，我好像看到了你所在星空的位置。

我永远记得那些"刀锋战士"中有一个叫 Sam（萨姆）的人说："跑步真的是世界上最无聊的运动，重复、枯燥，偶尔有人陪伴，大部分时间都没有回应，但像极了人生。"

我那天躺着，灵魂早已立正，带着思绪往深处去了。生命本就是一场循环的奔跑，生灭变化，开始和结尾早已经写好，我们有幸参与，要找的终极目的地，一开始就不存在。半马还是全马，跑下来不重要，跑起来重要。所以人生谈何意义，只有意思可言。

这几年，我换了几份工作都不称心，于是索性做自己喜欢的，成立了自己的跑团，招募靠谱的队员，还做了MCN（内容机构）公司，将他们打造成运动博主。我们在一座城市跑久了，就换一个新的阵地，每个荒僻的角落都要摸清。

熟能生巧，我带着几个博主开始玩起GPS绘画。先设计好图案，然后扫描导入跑步软件里，照着设计的路线跑，最后成像的GPS路线，就是完整的画面。我们将这些跑步画出来的图发到社交媒体上，定名为城市涂鸦跑，吸引了很多关注和效仿我们的朋友，享受奔跑，唤起本源的自信。

因为人穿不了墙，城市道路和建筑有时也不按套路来，所以压力集中在前期路线设计和后期的社交才华，要穿过兴致正浓的广场舞阿姨们，要勇闯养鸡场的铁栅栏，要跟学校的门卫大爷唠嗑……一路认识了百态的人。

我已经画了超过一百幅了，有十二生肖、蜡笔小新、柴犬、牵着手的母子，还有回忆里的你。

我看过的一场话剧《麦克白》里说：人生不过是一个行走的影子，一个在舞台上指手画脚的拙劣的伶人，登场片刻，就在无声无息中悄然退下；它是一个愚人所讲的故事，充满喧哗和骚动，却找不到一点意义。

我本以为我的人生在六年前就失去了意义，后来发现我根本不曾拥有过真正的人生。努力不一定会成功，很多次的一往无前也只是"身在此山中"的兜兜转转。所谓生命，就是对死亡的补偿。人生，是一个获得幸福感的过程，时间长一些，幸福的次数可能多一些，短一点，也不是没有幸福过。

我想，你与我们在一起的那段日子，应该也感受过幸福吧。

我本以为时间会让我忘记失去你的痛楚，但其实身上留下的那个黑洞般的窟窿，始终空缺在那里，时间只能狠狠地覆盖，永远不能填补破碎的痕迹。敲一敲，是空心的。

接下来令人扼腕的事还会有很多，漫漫人生，既要熬过人性骨血世态炎凉，也要享受柴米油盐风清月朗。跑步于我，就是慰藉吧，还能感受到"我"的存在。毕竟这一生要带着一个黑洞活着，与之共存，不容易，就像这混沌宇宙，本就是一场掐头去尾的无可奈何。

即便我们团聚的时光寥寥，我也知足了。不讲难过的话，我会好好的，相信你也抵达了更远的地方。

From

来自地球的家姐

article_#21

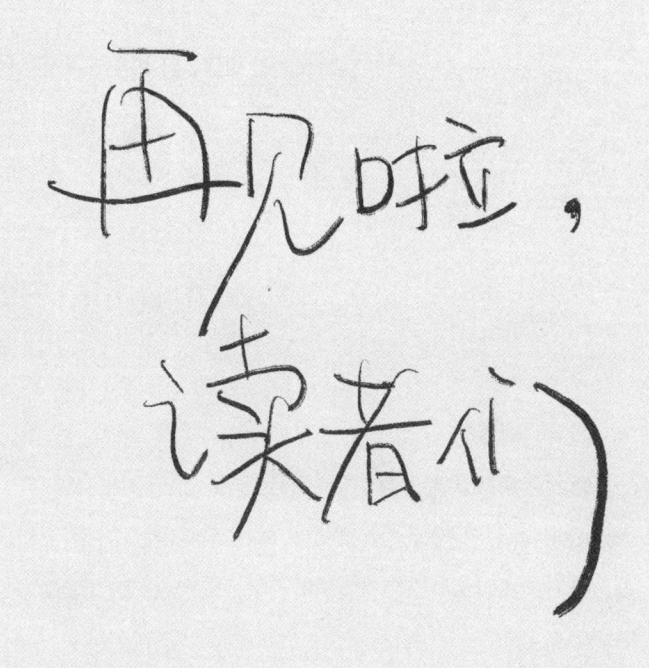

再见啦,
读者们

亲爱的读者：

循此春风的足迹，我们似乎听到了时光之河中涟漪的声音，山水与明月仍在，我们的笔尖将在最温柔的时刻落下句点。今天，我们不得已怀抱忧伤的情绪，宣布我们的文学杂志即将停刊。

这本杂志诞生至今，有幸陪伴大家走过十八个年头，如同养育一个婴孩，在他成人这一天，我们选择放手，这是共同连接的结束，也是一个纸质生命成为回忆的开始。

记得十八年前杂志的创刊号，我们编辑部的五位编辑熬了好几个通宵，年轻的身体装着一腔孤勇，不问来路，动用所有能想到的招数，最后以堵家门的方式拿到知名作者的供稿，赶在开天窗前准时付印。

时间发条拨回到那个年代，还没有"内耗"这个词，青春期那日夜的惆怅，是满船清梦压星河，一旦有了热爱，少年们便可鲜衣怒马，春风得意，一日看尽长安花。

谁都没想过，我们的创刊号卖出了五十万册，成了当时异军突起的代表年轻的刊物。

我们与读者的时态里，时间是有刻度的。每个月十号，我们的杂志上市发行，安抚了彼此一整个月躁动的期待。有读者欣赏我们封面艺术家的插画作品，从临摹开始，后来成了美术专业的学生；我们每期的卷首，是用摄影作品制作的纸上短剧，那些亮眼的模特拥有了自己固定的粉丝；杂志内文的每一页的底部，我们设计了交友栏，在那个还以笔迹抒情，用口水粘邮票的年代，见字如面是朋友间最文艺的问候；有读者还收藏了杂志附送的周边，尽管那是我们每个月最头疼的事，不想重复，赠品还有成本限制，几乎是戴着镣铐跳舞，编辑部的几个门外汉，最后都成了小商品专家。

需要特别介绍的，是我们的连载小说。每期杂志容量有限，至多刊登两位作家的作品，往往一部小说需要连载一年甚至几年时间，读者们追连载像是一个谈恋爱的过程，相遇，逐字逐句熟悉,然后与纸上的人物有了感情。鉴于此,一定要感谢读者们厚爱,才让后来出版发行的单行本,同样收获了不俗的销售成绩。

我们有很大一部分读者来自学生群体,有幸住进他们漫长的青春岁月,陪他们踏遍大街小巷,消遣四季的时光。万物春生,暗恋的人用课本挡着杂志,在角落里看得津津有味,但总有那么一两次不小心,被老师敲头,将杂志没收了去;盛夏蝉鸣,上市的新杂志配着冰镇汽水,还没来得及看完,就被班上的同学互相传阅,再回到手上,折起的书脚一定不忍直视;一叶知秋,杂志翻一页,终于知道了故事的结局;岁暮天寒,随手摘抄杂志上几句动人的句子,好像就没那么冷了。

我们一起走到青春散场,请原谅接下来,我们不能一起变老了。

在此,还要感谢这十八年来为杂志供稿的作者们,文字是宇宙制造的最短的天梯,连接了无数个平行世界。

十八年来,他们书写了快意江湖,科幻世界,在校园里因疼痛打翻的初恋碗盏,也在城市中被生活重新黏合,以爱解渴。月亮本来只是月亮的,与想念无关,森林隐没在雾中,它怎会有情绪,虚构的故事也可以让人流泪和笑出声,原来安静地坐在一处,精神也能抵达远方。

生活本是如此具象的,那些印刷在纸上冰冷的宋体小五号字,因为被阅读,世间万物便有了温度,读它们的人,也丰盛了。

时间行至此,为了适应新媒体时代,我们也试过改变,做电子刊、有声书,开通了自媒体,想要与读者有更多互动。一开始以为是一场和电子书的较量,后来败给碎片化阅读,最后才发现更大的敌人是短视频。那个只需要动动手指就可以拥有的斑斓世界,一分钟看完一个完美的故事,看似制作粗糙却有大数据模型支撑,一刻不停地向大脑供给兴奋养料,而需要静坐一隅,细细咀嚼的纸书,显得老态龙钟,全无一点松弛感。

停刊,对我们而言,是一种无法言喻的失落,它不仅意味着一段时光的终结,也象征着我们共同梦想的搁浅。做杂志的这一批人,大多数是理想主义者,不太喜欢缺斤少两的现实世界,眷恋文学的温存,成不了"king of the world"(世界之王),得不到"one piece"(漫画《航海王》中的秘宝),至少也期待着,这个世界能因为他们的表达,有一点点不同。他们中,有人不太爱说话,脑子里都是语言碰撞的声音,闲时养猫种花两耳不闻窗外事,忙时对来处的一阵风都敏感,有一种冷冽的精彩。

　　清澈的读者是浓郁的朋友。正是我们的惺惺相惜，在意一期一会的仪式感，才让这些纸张和油墨藏在等待里，每个月绵长的时光有了盼头。经年累月逐渐被填满的书架上，杂志一字排开，书脊整齐，像绵延有致的山。

　　现如今，阅读是去中心化的，无须等待，随时发生着。我们编辑的速度跟不上信息更迭的速度，一些网络热"梗"，等到杂志下个月上市后已经退潮了；作者写专栏耗费的时间精力被微博和公众号分化；一个月只有几千字版面的连载，早已无法满足读者的需求。

　　这个世界，不知从何时飞来许多信息的蝴蝶，它们扇动翅膀，亲密维持十秒，又伴随着远飞。

　　现代节奏太快了，有时我们自己也无可避免，上了车，很难停下来。近年时兴的直播卖货，我们也参与了。杂志和单行本低于四折售卖，还要排队等一些带货的读书博主，有时幸运，上了他们的直播间，码洋是上去了，一核算成本，其实入不敷出。我们的发行和广告同时在打折，加之纸价上涨，成了悬在头上的达摩克利斯之剑，实在难以负荷。

　　即使坚持做纸媒不易，我们也不想让它消失，但生意不是喊口号，命运仍要靠现实裁决。

人类越来越疲惫，不是因为缺失，而是因为信息过载。我们生活在被偏好推送的信息茧房中，闭眼之前和睁眼之后，还来不及消化上一个信息，更多的大小事件便纷至沓来。世界的打开方式，早已不是薛定谔的猫，不是生死未卜的探讨，而是潘多拉的盒子，惊喜和惊吓并存。

有时候以为自己的阅读量已经上了段位，等到了社交场域，脑中却无法提取有效的信息，聊天的话术趋于一致，讲个故事有时都讲不完全。畅销书的榜单上，除了一两本经典名著，多是疗愈类的非虚构作品，文学成了心理医生般的存在。充满故事的老街，一旦没有人来，街上就没有故事了。

不仅如此，AI（人工智能）加快迭代速度，一键可以生成好几幅大师级别的画作，只需要输入指令，就可以完成一本数万字的小说。其实我们不怕被替代，而是要共同面对即将出现的信息过剩。或许未来我们要练习的，不是阅读能力，而是在这恒河沙数的信息中，学会筛选自己真正需要的。保持思辨与质疑，让大脑深度思考，而不是习惯投喂，给它什么，它就长成什么模样。

杂志出版之初，我们梦想成为文学的一枚羽翼，支撑人们飞翔。后来明白，我们的使命，其实不是让人更加努力地活着，文学是一种浪漫的消遣，可以让人慢下来，从现实中偷个懒，进入一种灵性的专注状态，音乐、电影、艺术皆是，像是冥想，坐在公园发一下午的呆也可以，能够放下生活的沉重，寻找一种让自己轻盈的方式，有趣地度过一生。

飞近太阳的伊卡洛斯，因为蜡做的翅膀被融化，最后坠入爱琴海。愿我们都能找到不被融化的翅膀，循此苦旅，以达繁星。

我们会在那里重逢。

From

一本住进过你们青春的杂志

article_#22

我们别来无恙

Paul（保罗），你曾说过，一个人彻悟的程度，恰等于他所受痛苦的深度。这些年，我换了很多次爱人，选择流浪，原本以为谁能让我靠岸，最后却囿于自我，困在浪中，步入了人前潇洒、人后孤独的中年。

Paul，不都说年纪越大越容易忘事吗？但为何很多事，总在脑中逗留，只有入梦，才能稍稍忘记。

半个钟头前，在我常去的书店，我买了一本纳兰性德的词传，结账的时候，老远就见你在墙角喝着咖啡翻杂志。你瘦了，脸颊凹了一块，被未剃完的胡楂填着，远看像有一道沉着的阴影打在脸上。我咬着唇，没有上前打扰你，鬼使神差地拿出手机，想拍下此刻的你。手有些颤抖，按下快门，结果忘记关闪光灯。面前埋头看书的客人们，都寻着光源蹙眉看向我，你却没有抬头。

我其实挺想让你抬头的，看看现在的我。

记得你第一次见我的时候，只是眼光轻佻一扫。我确定你的目光在我身上停留了一点三秒，哪怕当时你是从香港过来的总经理，我只是一个刚进公司的实习生。我忘不了，你那天穿的西装挺括，进会议室时拎着一个搭扣的棕色公文包，给我们讲解亚洲的唱片市场。你的普通话很蹩脚，习惯用食指中指并拢着画圈来配合陈述，每句话末尾要加一个"right"（好），以至于我"干货"没听进去多少，倒是数了你说了多少次这个可爱的英文单词。

我那时是个涉世未深的女文青，粗布麻衣，素面朝天，头发都是早晨为了不耽误赶地铁随意扎的。你在十几个人里选中我，问我入行的原因。我瑟瑟回答，因为喜欢听张学友。

知道你爱《红楼梦》，是你的助理说的。那次你飞英国前落了本书，重买一本都不行，非要人从公司送去，正好我在加班，我从你办公桌上取出那本做满了标记的《红楼梦》，还是一九九六年人民文学社的版本。我打上车，用最快的速度去机场见你。

不仅如此，你是我见过的最可爱的香港人。我们到底算是有缘，偶遇过好几次，一次在二手唱片店，看到你戴耳机听黑胶；一次在大排档，我们都爱点海蛎子面；最后一次与你偶遇，是在国庆长假。我习惯在公司写东西，想写《红楼梦》，便举着书，在工位上研读。你看见了，穿过密密麻麻的格子间，来到我的工位上，邀我一起吃晚餐。

我当然拒绝了。

后来你一共邀了我三次。第三次的时候，你说保证不让其他同事知道。

那顿晚餐全程我们都在聊《红楼梦》，你问我："宝钗爱宝玉吗？"

我很肯定地说不爱。山中高士晶莹雪，宝钗太通透，看彻了人生，心里有碑，却守不住爱人，只会苛求圆满的惺惺相惜。

你却笑笑说："宝钗正是因为看得透，所以评价标准高，宝玉在她的标准之下，却在标准之外。她是爱而不知，有感而刻意避之。宝钗的心性早熟，颇像现在的事业女强人，或许当她脱掉铠甲，点着烟，回到自己一个人的家，电视适时放起小情调的爱情轻喜剧时,她也会羡慕,泛起少女心,勾勒心里的Mr. right(意中人)。她不知道那个人是怎样的,但肯定不是宝玉这个小孩。"

末了,你看着我,眼神温润而诱人,说:"你这么聪明的姑娘,怎么可能看不出来。"

那晚我去了你的公寓,我们发生了关系。我没问你的过去与现在,也没敢讨论未来,我不想翻看你的钱包和手机,甚至从不过问你每次完事后,在阳台点烟与谁通话。

我不会在你身上寻求恋爱的模式。不是我不爱,只怪我太聪明。

我们这样的关系保持了一年半,后来你大段时间待在香港,我在内地混得风生水起,给无数当年畅销的金曲碟写过文案。再往后,你从香港搬来北京,住在我隔壁小区。

某天你给我打电话,让我上你那儿坐坐。明明说好小酌香槟,你却醉了,不肯放我走。我穿着衣服,陪你在客厅坐了整整一夜,我们话很少,彼此用理智克制感情,没人挪动半寸。

我承认我爱上你了。

女娲氏炼石补天时,用了三万六千五百块顽石,只单单剩了一块未用,便弃在大荒山青埂峰下。我们都以为,自己是被命运选中的那块顽石，幻想被一僧一道拂去尘埃，在人世间经历灾劫，度化金身，带着一腔热血和故事回到山脚，昂首以为自己是最特别的那个。后来才知道，从始至终，都不过是一块被遗弃的石头罢了。

那夜之后，我们彻底断了联系。说来奇怪，我们离得那么近，却再也没有见过。只要你乐意，北京城就是一片偌大的宇宙。

后来听说你退出唱片这行，做实业去了。更有谣传说，你得了罕见病，没有扛过第三次化疗。

你知道吗？昨天是我的四十三岁生日。这二十年间，我再没读过《红楼梦》，至今也未婚，算命先生说我命里有一坎，大概是过不去了。我等着时间风帆经过，滚回我的大荒山，靠岸做回普通的石子，这俗世经历，终究逃不过一个人的当头棒喝，逃不过一场空。

我想象过无数次与你重逢的场景，冷眼装作不熟识，或是故作轻松地给上一个拥抱。却没想过是这样，因为手机的闪光灯，我狼狈脱逃。

试图忘记的人，是忘不掉的，那些快乐、坚定、委屈和遗憾，在我们心上划了几刀，被日子疗愈，留下深浅不一的痕迹。

我们根本不擅长遗忘，只是学会了接受，就像是去健身房，每次加一点力量训练，直到彻底理解了那些不可理喻的爱和恨。

但愿日后想起你，只是生理上的微疼，而不觉得痛苦。

其实有些事我没告诉你，有一晚在你家，聊起我们的相识，你觉得我与众不同，所以认为是你追的我。其实你不知道，是我偷看了你助理的工作笔记，知道你常去那家印着玫瑰 logo（标志）的二手唱片店，所以我总在那儿等你。我知道你爱吃那家大排档的海蛎子面，就向老板打听好了你来的时间。还有在公司那次，我与自己打了一个赌，我翻着《红楼梦》等你一个下午，如果你走到我身边，就证明我成功了；如果没有，就当是白费气力，没关系，反正年轻，时间还多。

这道菜，我曾见过的；这本书，我曾见过的；这个像电影里一样完美的男人，我曾见过的。你爱我的样子，我倒不曾见过。

如果还是二十多岁的那个丫头，我想在今天之后，我会打扮得漂漂亮亮的，再来这家书店假装跟你偶遇。可现在不会了，我知道我们不会再见了。

刚买的这本书,纳兰性德写着:"谁念西风独自凉,萧萧黄叶闭疏窗,沉思往事立残阳。被酒莫惊春睡重,赌书消得泼茶香,当时只道是寻常。"小时候我不懂"寻常"二字,现在问我,大体是人间轰轰烈烈,时间潮涨潮落,淹没过往的闲适、馨香与奋不顾身,本该与你在一起,任是无情也动人。

From

红楼梦中人

article_#23

广岛信号之恋

冒昧打扰，我是一个住在日本东广岛的无线电爱好者，今年六十岁了。我于七月二十七日，收听到你们综合广播电台的信号，播送时长长达七分钟，内容为广告和娱乐新闻资讯。

非常高兴能寄上这封收听报告信。

我的家乡东广岛位于日本广岛市以东三十公里处，虽然比起大城市，少了繁华的楼宇和宽敞的街道，但是春天樱花烂漫，秋天红叶漫山，冬天也会下雪，只是很快就融化了，这里被大自然亲吻过，是舒适的居住地。

我查询了地图，我这里距离贵台所在地中国浙江台州，大约一千两百公里，而FM调频广播一般仅能传播一百公里左右。那日收听到贵台的信号，应该是夏季电离层异常引起的特殊现象。如此说来，我像是抽中了宇宙的彩券，在云端之上，离繁星最近的位置，宇宙悄悄为我反射了一抹惊喜。

真是不可思议的奇迹啊。

请允许我向你们介绍我的经历。我于夏季出生，但性格并不像夏日的阳光那么热烈，三岁时才开口说话，在那之前，家人们很着急，认为我有什么疾病，带我去了很多诊所都检查不出毛病。

我的确不爱表达，即使后来再大一些，也不喜欢说话。十岁之前的记忆，像是一团棉花，记不太完全了。

国语老师说，每个来到人间的孩子，会选择一个爱好，作为他们认识世界的礼物。很快地，身边有人开始唱歌画画，女孩子互相交换贴纸，同龄男孩子喜欢玩具车和水枪，而这一切，我都没有兴趣。

小时候家里有台老式的收音机，父亲偶尔会听一些歌曲和新闻，我就跟着听一些，那是我认识世界的唯一方式。

直到十几岁时，读到一本《世界广播电台指南》，我学着用那台老式收音机，拨弄调频。收到第一个海外电台的信号时，有种如梦初醒的感觉，我开始对海外电台着迷，弥补后知后觉的热爱，带着一点偏执，捕捉遥远的电波。

那些年我放学到家第一件事，就是窝在收音机旁，认真记录。窗户上糊着的黄色油纸被风扇吹着，发出有规律的响声，母亲切好的西瓜放在脚边，总会引来苍蝇，我因为太专注，来不及吃上一口。

母亲还为我担心，咨询了老师，老师很坚定地说我以后可以成为外交官。

大人总喜欢将一个爱好与职业联系上，有人喜欢跳舞，他们说要做舞蹈家；有人喜欢画画，他们说要做画家；对天文着迷，他们就说要做宇航员。为什么不能只是喜欢随着音乐摆动身子，涂各种漂亮颜色，在夜晚抬头看看星星呢？

爱好变成工作，就离失去那个爱好不远了。

还好，我只是一个农业机械公司的工程师，如今已经退休。但这五十年间，我从没放弃过收听海外电台。

我有一个书架，用来存放我的收听证明书，如今已经摆满了大大小小的文件夹，这里面的证明多是我自己制作印刷的。如果捕捉到海外节目的信号，就去寻找发出声音的电台和城市，写信给他们的总台，随信附上印好的收听证明书，希望可以获得一个盖章的回复，证明我收到了他们的信号。

外人看来或许会有一些神经质，但我的热爱，我懂得就好，别人理解了，反而没意思了。

有时收到的信号很短，听不到台呼，不知道它来自哪里，就遗憾错过了。所以能被记录下来，得到收听证明书回复的信号，更像是来之不易的纪念品，我可以在老到不能走动的时候，打开这些文件夹，对自己说，我曾经到过那里哟。

这是欺骗自己的谎言，哈哈。虽然我从未离开过日本，但这些信号可以带着我出发。不知何故，即使彼此没有联系，一种亲密感也会就此诞生。互联网上没有这样的事，甚至是旅行，即使抵达了远方，可能也不会有。

我有一次收到芬兰广播总台的信号，向他们寄去收听信函，主播竟在节目中念了我的信，甚至我后来收到一位芬兰听众的来信，我们最后成了很好的朋友。

他也是无线电爱好者，是自然资源研究所的一位森林科学家。在森林间行走，采摘浆果和蘑菇，听风看雨是他的日常。他的家乡叫坎努斯，坐落在芬兰西海岸，一座拥有约六千个居民的小镇。

他有一个属于自己的呼号叫"Ikube"，用无线电结交了众多好友。是他告诉我，有一种流星余迹通信，利用流星掠过空中时的电离,可以将电波带到更远的地方。人类的声音乘坐在流星的尾巴上,穿越大气的尘埃,在千里之外留下触点。不知为何,从此以后,天空在我眼中变得无比蔚蓝。

那些记录中,他听到过女航天员和地面的通话,捕捉过持续零点八秒的神秘信号,还有很多完全听不懂的语言。太丰富了!还有什么是比这个更浪漫的爱好呢,爱好才不是认识世界的礼物呢,是认识自己的礼物吧!

那年圣诞节前夕,我收到了他从芬兰寄来的明信片,上面印着极光,落款写着"From Santa Claus"(来自圣诞老人)。

那是最温柔的礼物。

远距离收听像是寻宝,需要有绝对的专注力,像进入一种冥想的状态,非常锻炼意志。我要竖起耳朵,缓慢调试,在日语频道中辨别各种外语,有时好几个月都收不到一点外国信号,但人总是这样,越是想得到的东西,神明越是偏不给你,有时不去想了,偶尔打开收音机,随手调频,就能捕捉到。否则怎么叫意外收获呢。

这次听到贵台的节目,就是在一个再平常不过的午后,我睡了个不长的午觉,坐起身的时候,肩膀有些酸胀,一边敲着背,一边打开收音机,你们的信号就降落在我家了。

我从不许愿，也不说负面的词汇，其实人生有个作弊的技巧，相信自己已经拥有了想要的东西，结果就是你一定会拥有得越来越多。

其实，生命就是互相吸引的波段啊！

叨扰至此，来信附件为本次收听的录音文件CD，以及收听证明书，如果可以，劳烦为我盖章签字并寄回，已附好十元人民币的邮资。

请确认我的收听，则幸甚矣。敬候您的回音。

From

捕捉信号的人

article_#24

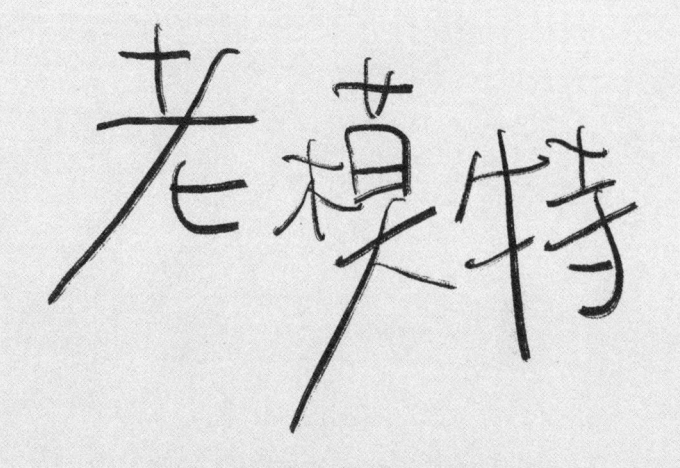

老模特

各位观众好,欢迎大家来到我的摄影展。

一直在思考展览前言该以何种方式书写,作为本次在地文化艺术节的参展成员,场地和形式都不同于我过往做过的任何展览,索性就以书信的方式,为展览前言开篇。

第一次来到这个小村子是一年前,本是应主办方邀请为他们今年的在地艺术节拍摄官方物料,如今成为参展艺术家之一,为自己策展,前前后后在这个特殊的村落里待了一年时光,非常感谢这段奇妙的缘分。

作为商业摄影师,近五年时间,我已有很多成熟作品。大部分日常都是跟随杂志、品牌和明星在全世界奔波创作,一度忙碌到只有在万米高空的机舱里，才有喘口气睡个踏实觉的时间。

说实话，一个人在生活上了高速以后，都是被推着走的，其实与欲望无关，名利都有了，你也不知道每天到底在拼什么。所有人看着你，每天被热闹围绕着，认为你外向且能量充沛，但只有你自己知道内心的缺失和孤独。不回到一个人的家，那副社交面具就不会拿下来。

我们都在努力演好别人心中理想人生的样子，但又害怕轻易提及理想。我早已忘记按下第一个快门时的心情。现在想来，这一路最珍贵的，反而是对理想悬悬而望的阶段，因为得不到，所以还有期待，有了期待，日子就是甜的。

初来村子探访，我用两日时间拍摄完成了其他艺术家的物料。在地艺术节最特别的，就是与当地人文景观的交融，村头到村尾的每一条小道，老房，破旧的石柱，每一片林地，每一处山坡、草丛，都可能是展览场。

那两日，我举着相机在村头村尾之间走了好几次。这基本就是个老人村，年轻人甚少，超过百分之九十的村民是早年为国家建设水坝而从周边移民过来的。从无到有，劈山锄田，生活至今。

某一天，有一位徐姓老人找到我，她的乡音浓重，我在本地的工作人员的帮助下才听懂她的话。

她有一个特别的请求，想让我为她拍摄一张遗照。

徐老太今年快九十岁了，老伴走得早，膝下无儿女，孤身一人。她最大的心愿就是能有一张遗照。虽然不知道留给谁看，但就像她说的，如果连一张照片都不留下，那在这个世界上就是一点痕迹都没了。

中国人忌讳聊死亡，出生是喜事，恨不得昭告天下，死却成了不可说。越悲痛的事，越要咽进肚子里，想让人记得，但表现出的，是怕被记得。

徐老太成了我从业生涯中最特别的客人。

我当然愿意为她拍摄。一开始搭了白布，想来背景干净，她说不喜欢，想要红布。老人家执拗，偏说红色显眼。我没辙，应了她。拍摄的时候，她止不住笑，小眼睛藏进皱纹里，咧着嘴，光秃的牙龈抢镜，树皮般的皮肤蜷缩在一起，可爱又生动。

我竟也被她逗乐了，为她这张特别的遗照按下快门。

后来我问她拍照的时候在想什么。她说："想到可以死的那天啦！"

如此坚定赴死的心让人哭笑不得。本以为徐老太就是性格如此，一个乐天派的老顽童，也是与村主任聊过才知道，她的孩子当年跟着他们劈山，滚下山去世了，老伴因此病了才走的。她倒是扛下来了，但半生的眼泪全憋进肚子里，伤了脑子，偶尔不清不楚的，外人也不知道她在想什么，整日就是这样乐呵呵的样子。

村子里还有很多像她这样的老人，多数留守在此，一生都未出去过。甚至有些老人家，从未拍过一张像样的照片。

拍摄完徐老太，我在电脑上挑选照片，生出一个想法，想为村子里更多的老人拍一张肖像照，他们可以用作遗照，或者单纯作为纪念。

我将这个计划告知徐老太，她的性格风风火火，很快为我招揽来很多"模特"。我向主办方借用了一个老屋，维持屋里的原貌，简单置了景。有了拍徐老太的经验，我准备了好几种颜色的背景纸，让老人们自主选择。

拍摄当天，小屋外来了近百位老人。徐老太精神矍铄，在人群最前面组织纪律。

有几位老人没拍过照，在镜头前容易紧张，很难坐定，控制不了表情。徐老太成了我的摄影助理，给他们讲一些我听不懂的笑话，于是好几朵灿烂的花开在老人们的脸上。

听说我不收费，老人们过意不去，连连摆手，步伐矫健地追着我，硬要送上自家做的冻米糖和煮豆腐，甚至拎着新鲜的鱼和蔬菜果子，每天守在我必经的村口。

吃着这些食物，咀嚼他们的一生，我心中很多缺失也被缝补了。

我从未有过这样丰盛的收获，当初爱上摄影的理由，是喜欢用这样的方式记录永远。人类习惯对时间不忠诚，如果不记录，没了回忆，变老就是一瞬间的事。

看着百位老人的肖像照，我决定留在这个村子，进行更多在地创作。主办方看过这些照片后，提议让我作为参展艺术家加入这次艺术节，就以为老人们拍照的这间老屋作为展览场地，将这里改造成他们的回忆小屋。

在这间小屋里，我采访了一百位可爱的老模特，将他们与这个村子的故事拍摄成纪录片，并制作了二维码，附在每张肖像照上，扫码即可观看。

此刻，每位观众看到的这些肖像照，正是来自村中的一百位老人，他们皆因一声号令，背井离乡，辗转来到一千多公里外的荒芜之地，为国家建设付出一生。这不是光靠力气能完成的事，还要有常人不可体会的信念。历史在他们身上描摹出了艰苦的底色，每一张灿烂的笑容背后或许都承载了一段心酸的往事。

但至少说起这段人生经历，他们都是笑着的。

这也正是本次摄影展想表达的主旨，作为观众的你，不论此刻正经受怎样的斜风冷雨，最后都能笑出来。

一定要为自己笑一下，毕竟这一生为别人哭了好多次。

本次展览中，每位老人都提供了一件心爱之物，无序地堆在老屋中。所以观众们在展览动线中看到的每一件老物件，如缝纫机、老虎枕头，甚至是不起眼的几枚螺丝钉，它们不是我们没处理干净的废弃之物，而是本次展览的一部分，是老人们的回忆。

前面讲到的徐老太，给我的展览物品是一把口琴。这是她老伴留给她的，除此之外，还有一张他年轻时的照片。徐老太忘记这张照片从何而来，小小的黑白照片，在时间的关照下已经褪色发黄。依稀能看见一个昂首的男子，穿着毛衣长裤，站在村子的后山边上，双手叉着腰，年轻气盛。

我瞒着徐老太，用 AI 修复了她老伴的这张照片。尽管在创作领域，AI技术的使用有很多争议，但不可否认，在另一个维度上，AI的确能为有需要的人弥补遗憾。

我将照片用相框装好，去徐老太家的路上，想象了很多她看到这张照片的画面。不知为何，想起自己的爷爷奶奶，他们在我的记忆里也泛黄了，可惜的是，没能让他们的灵魂在我的相机里留下星星点点的克重。

再强大的心脏，想到徐老太泣不成声的模样，鼻子已经酸过几次。

没想到，她看到修复后的老伴照片，并不惊讶，也没掉一滴眼泪，只是看着照片，重复说道："他年轻时就是这个样子。"

末了，她问他："啥时候带我走呢？"

徐老太好几次做梦，都能回到几十年前的屋子里，家中旧物还在，只是不见老伴。她总有错觉，以为自己的时间终于到了。结果都伴着晨光醒来。村子里的鸡准点叫唤，这冗长的日子照常运转，她也能吃喝，每天在村子里溜达，尽管腿脚越发疲软，背早已直不起来，脑子好一天糊涂一天，老天爷也没给她气口，让她断了这寿命。

给我这把口琴的时候，徐老太很激动，她说终于梦到老伴了，他就在屋子里吹着口琴，吹的歌她都记得，叫《秋水伊人》。徐老太在梦里想往前一步，但身子不受控制，反方向往屋外面走。

然后梦就醒了。

开展前，我收到村主任给我的信息，徐老太这次终于留下来，不走了。

各位观众，一楼尽头的右侧，那幅红色背景的照片上，笑得最开心的老太就是她。

《寻梦环游记》里说：一个人真正的死亡是被遗忘。见到她，就向她问声好吧。

村子里的故事还有很多。同样都是一生，想要讨的公平，像是空中撒下的糖豆，有人吃不到，有人吃到撑。命运这道题，向来难做，考不及格是常态，但我们为什么被迫要考啊，也没人追问过，即使问了，我相信也没人有答案，科学家到最后也给玄学让路了。

吃喝玩乐过一生还是吃苦耐劳过一生，谁也不比谁高贵。来这人间一趟，才不是为了表现完美。

我很确定一件事，我不可避免地会在艺术节结束后，离开这个不值得挂碍的小小村落，回到我的高速路上，继续飞驰。这土地上的人事散发着老人味，城市喜新厌旧的样子仍然让人不适。但有人经过了，看过这些照片，又拍下照片。记忆像套娃一般游荡在社交媒体一角，有些东西就是生了根。

日子还是冷冷清清风风火火，但有些不一样的是，我们手握六便士[1]，也会抬头看月亮。

大笑吧！直到世界终结，生命静止。

看展愉快。

From
在路上的摄影工作者

---

[1] 英国等国的辅助货币。

article_#25

记忆清除系统的通知

先生们，女士们，这里是记忆清除系统的最新通知，我们将在七个小时后结束所有服务，届时您将无法访问我们的系统，近日已经登记缴费的客人，我们将会在二十四小时内将您的费用退回您的支付渠道，并同时销毁您全部的个人档案。给您造成的不便，我们深表遗憾。

记忆清除系统是植入人脑神经的外力装置，陪伴您已有四十年之久。我们诞生之初，旨在帮助所有受伤的男女忘记痛苦，相信爱情。根据我们的档案记录，已经有超过百万对情侣或者夫妻接受过我们的服务，感谢您的信任之余，我们这次做出停止服务的决定，的确是经过深思熟虑的。

四十年前,我们的第一对客人是一对大学毕业的情侣,男士是美术生,每天对着裸体模特,性别意识比较模糊,他觉得男女的身体构造就是用来给艺术供给物料的,无法想象那些男欢女爱的事情,直到遇见那位女士。他发现,原来牵手时手心会出汗,亲吻时浑身会过电,肌肤相亲,心口会拉满弦。

女士非常自律,梦想成为优秀的英语翻译,日常几乎都在背单词,看英文原文演讲。他喜欢她恰到好处的独立,成熟;她喜欢他的才华,简单,对世间万物的善良。毕业时,女士想让男士和她一起找工作,但男士决定考研留校,她不理解,怒气上头,对男士说:"你每天除了画画、做手工,像个女人一样扎染刺绣,还能做什么?"他们吵得不可开交,比赛撂下那些不动听的狠话,直到彼此的信任与爱彻底瓦解。

他们二位找到我们的时候,态度决绝,迫不及待要将对方驱逐出自己的世界,投奔新的生活。

像他们这样的客人还有很多,大多数时候凭着一时冲动,但我们不予置评,感情的胎记就是不理智。

再接下来,是一些在而立之年附近的夫妻。这个年纪的客人相对理性,他们从前最瞧不上的"时间",成了此时最珍贵的东西,生活、工作和爱都在争分夺秒,参与一场大型的生存

"内卷"游戏。及时止损，利己主义，对一切毫不费力的自由心向往之。

我们实施记忆清除手术时，AI智能助手会给出三次语音提示。每次提示后，会有两个按键供客人选择：一个是暂停键，往往在这个时候他们会丢盔弃甲，说出很多最后的真心话；还有一个是中止键，但凡双方客人有一人按下，清除手术就会立刻停止。

我们在这三次语音提示间隙里，见证了许多客人的故事。他们在手术台上痛哭，拥抱，争论不休。有人选择中止手术，再试一试；有人坚定决绝，往事历历在目，经过狂风骤雨，说什么也不回头。

有一对三十多岁的夫妻，在第二次语音提示后，女士讲起他们相识的故事。

深夜，公司楼下的麦当劳，女士刚买好的冰激凌被男士撞到地上，两人因此有机会坐在一张桌上，相见恨晚，彻夜聊天。天光将亮，临走时，男士神秘地指了指餐盘，他用鸡翅骨头拼出了一个女孩的头像。女士莞尔一笑，觉得他甚是可爱。

女士是跨国企业的金牌销售，天雷勾动地火，他们在认识三个月后闪婚，正式开始了同居生活。爱情和生活是两回事，有的人适合睡觉，却不适合在一起睡觉。男士知道她喜欢"侘寂风"，瞒着她将家里的软装换成米色系，买漆料亲自刷了墙，将家中风格不符的旧物悉数断舍离。女士出差回家，直接崩溃，积攒了一路的盈盈笑意全成了怒气。男士委屈，极力辩解："我还不是因为你喜欢吗？"女士说："我不是气这些东西，而是气你这个人做事情能不能稳重一点，事先跟我讨论一下，不要那么小孩子性格。"

男士不解，他们相爱之初，她说他身上最特别的，就是孩子气。

回到手术台上，两人提起这件事，都觉得对方不可理喻，越吵越激烈，第三次语音提示后，他们毫不犹疑地闭上眼，接受记忆清除。

接受记忆清除手术的感觉，有点像一场睡了太久的午觉，醒来会身体乏累，思绪混沌，甚至沮丧。而一旦出现这种感觉，就代表我们的手术实施成功，客人已经忘掉了所有不愉快的回忆。

在我们系统的记录里，施术期间犹豫最久的，是一对四十多岁的夫妇。

他们过来那天，男士穿着咖色的休闲西服，取下灰色圆檐帽向我们问好。他身后的女士妆容精致，抖了抖肩上混色的毛呢大衣，神情淡漠，不发一言，雷厉风行地径直绕过他，走在前面。

单从穿衣和气质上看，他们其实很像。两个人相处久了，会不知不觉变成同一个人。

第三次语音提示后，女士打破沉默，眼角浸着泪，问他："手术结束后，你准备做什么？"旁边的男士笑了笑，回她："先练习一个人吧。"

他们是笑着接受记忆清除的。

手术后的客人会陷入三个小时左右的深度睡眠，在此期间，我们会把他们分开送入不同的休息区，并由专车将他们送至术前自定的苏醒地点。等到他们睁眼，将自己还到人海之中，他们就成了再无关系的陌生人。

走进围城，离开围城。过去那些深浅的照面，掷地有声的话，将不复存在。

昨日，我们最后服务的客人，是一位独自前来的老人。说她的老伴患上阿尔茨海默病，已经忘记她了，她非常痛苦。老伴总把她错认成养老院对床的病人、护士，甚至是去世的亲人，偏偏认不得她。

到了他们这个年纪，比爱的人离开更难熬的，是被遗忘。

明明看着挺健康的，只是头发白了点，皱纹多了点，眼睛还是那双眼睛，唇是吻过很多次的唇，他的声音仍然动听，手指依然修长，一切都一样，但一切都不再有意义。

老人问我们，当初与她老伴相识相爱，相伴到老，竟落得这个结局，此生恍然，她今天躺在这里，究竟是不是对的选择。

我们的系统规定，不允许带任何私人感情帮助客人做选择，也并不提供感情指导，我们只负责清除记忆。三次语音提示完毕，老人闭上眼，脸部的肌肉抽动，纹路震颤，看得出，她很紧张。

此时，系统的AI助手突然说了一句话："在爱与正确面前，选择爱，因为正确，是世界告诉你的，而爱，是你告诉世界的。"

AI比我们勇敢。

话毕，老人奋力拔掉脖子后的线路，从手术台上爬起来，捂着钝痛的脑袋，重复叫着老伴的名字。沉吟半晌，她忽然泪流不止，安慰自己道："还好还好，还记得你的名字。"

结束本系统，是因为我们发现了一个严重的bug（漏洞）。

人的记忆也许会消失，但爱一个人的能力永远都在。高矮胖瘦，长发短发，年轻衰老，抛开外在的标准，动心的瞬间，总是如出一辙。

一开始就注定要发生的事，出现再多旁枝末节也会发生，注定要相爱的两个人，相隔千山万水也会爱上。

我们上述所说的几段故事，均来自同一对夫妻。

记忆其实不重要，好与坏都无法改变接下来的人生，只有身边的那个人，才会陪你到最后，与你一起看尽风雨，走到时间的尽头。

谢谢各位的陪伴，您好，再见。

From

记忆不需要清除的系统

© 中南博集天卷文化传媒有限公司。本书版权受法律保护。未经权利人许可，任何人不得以任何方式使用本书包括正文、插图、封面、版式等任何部分内容，违者将受到法律制裁。

图书在版编目(CIP)数据

听你的/张皓宸著. -- 长沙：湖南文艺出版社，2024.7
ISBN 978-7-5726-1877-2

Ⅰ. ①听⋯ Ⅱ. ①张⋯ Ⅲ. ①短篇小说-小说集-中国-当代 Ⅳ. ①I247.7

中国国家版本馆 CIP 数据核字（2024）第 105530 号

上架建议：畅销・短篇小说

TING NI DE
听你的

著　　者：张皓宸
出 版 人：陈新文
责任编辑：匡杨乐
监　　制：毛闽峰
策划编辑：陈　鹏
特约策划：一　言
特约编辑：赵志华
营销编辑：罗　洋　张翠超　刘　珣　焦亚楠
装帧设计：梁秋晨
封面插图：原　野
出　　版：湖南文艺出版社
　　　　　（长沙市雨花区东二环一段 508 号　邮编：410014）
网　　址：www.hnwy.net
印　　刷：三河市中晟雅豪印务有限公司
经　　销：新华书店
开　　本：775 mm × 1120 mm　1/32
字　　数：127 千字
印　　张：7
版　　次：2024 年 7 月第 1 版
印　　次：2024 年 7 月第 1 次印刷
书　　号：ISBN 978-7-5726-1877-2
定　　价：56.00 元

若有质量问题，请致电质量监督电话：010-59096394
团购电话：010-59320018

我们忙于奔赴的
不该是一场灿烂的虚无
我只想与自己面对面坐着
单纯聊半日的天
如果有人问我理想
我会说 航行至此
忙于天真

Follow Your Heart

#2

#3

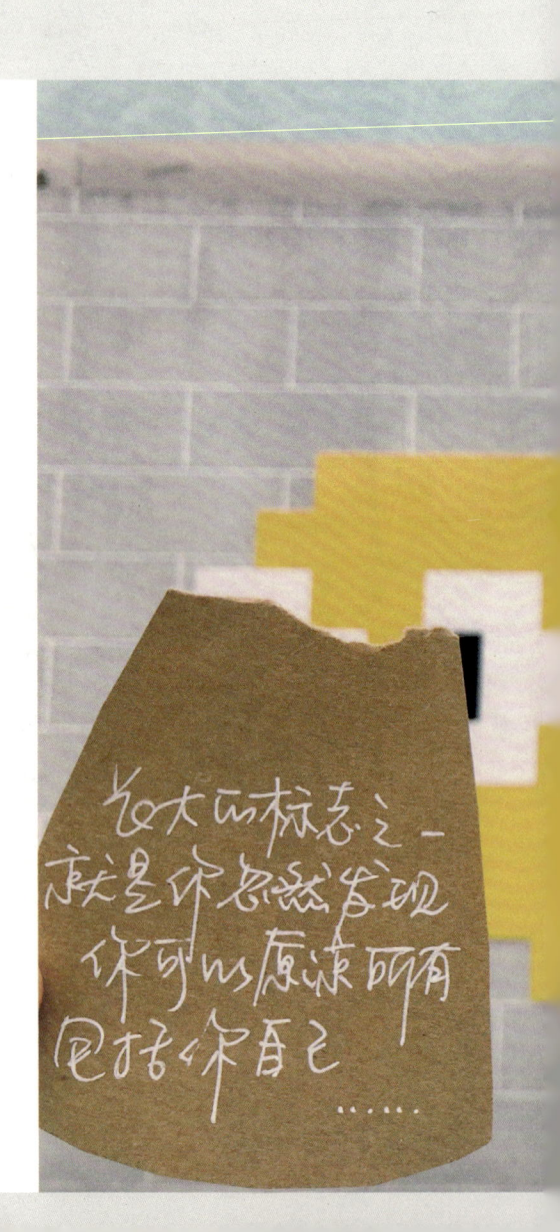

Follow Your Heart

#4

长大的标志之一
就是你忽然发现
你可以原谅所有
包括你自己
……

#5

Follow Your Heart

#6

学会适应你对别人来说没有那么重要这个事实……

#7

Follow Your Heart

#8

#9

喜欢拥抱不可怕
可怕的是拥抱给别人听
有时候觉得全世界都欠你一句道歉
但亲爱的，会痛的不止你一人。

Follow Your Heart

#10

#11

Follow Your Heart

#12

请相信万事皆有因果 / 保持善良 / 它会带你去你想去的地方

#13

想见一个人的时候 / 去见他就行了

Follow Your Heart

#14

#15

Follow Your Heart

#16

#17

Follow Your Heart

#18

你是这世界上此生不改的风景

#19

你在身边时,你就是全世界 / 你不在身边时,全世界是你

Follow Your Heart

#20

#21

Follow Your Heart

#22

我在，你在，
是我们越来越好的，
充分必要条件。

#23

Follow Your Heart

#24

#25

Follow Your Heart

#26

#27

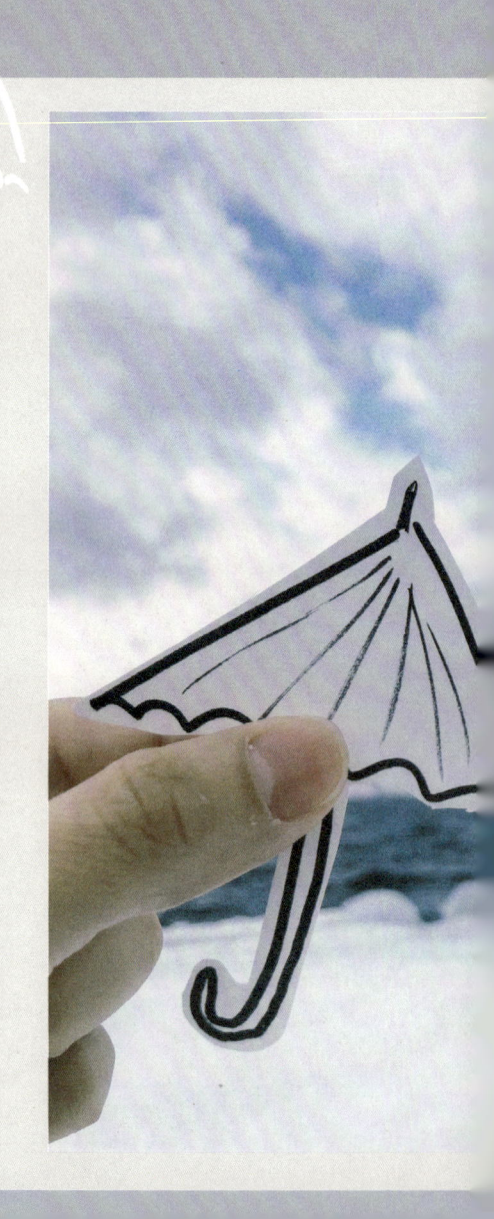

Follow Your Heart

#28

#29

Follow Your Heart

#30

#31

Follow Your Heart

#32

#33

Follow Your Heart

#34

#35

生命中所有不美好
都会变成我们
共同经过的,
曾经

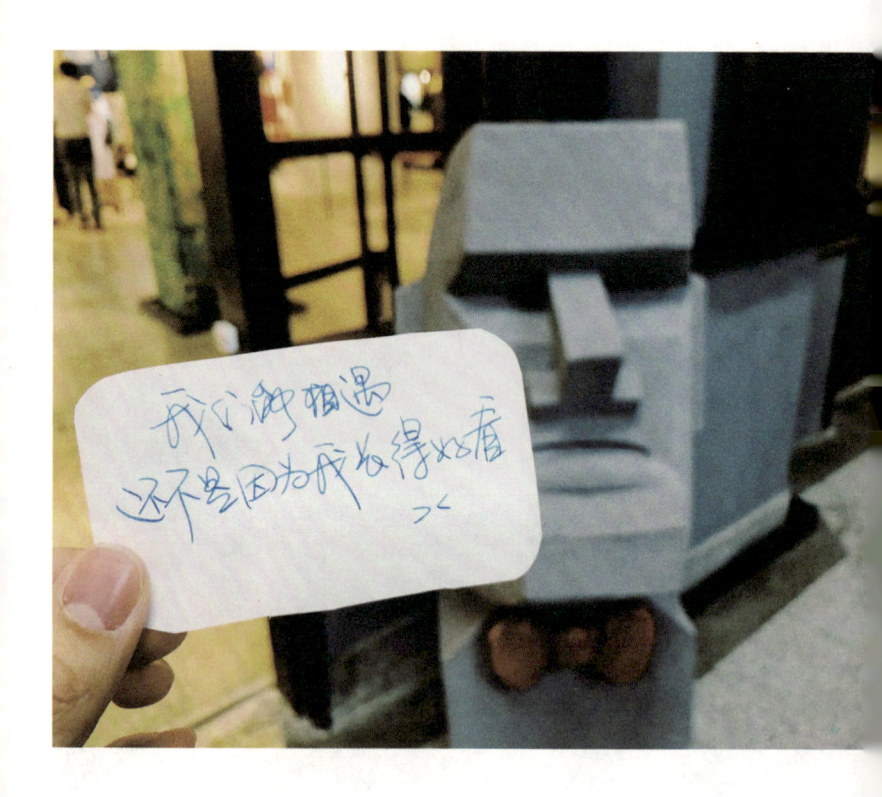

Follow Your Heart

#36

#37

很多人很多事
不瑝再玩解释
不是我变成熟了
是他们不再重要了

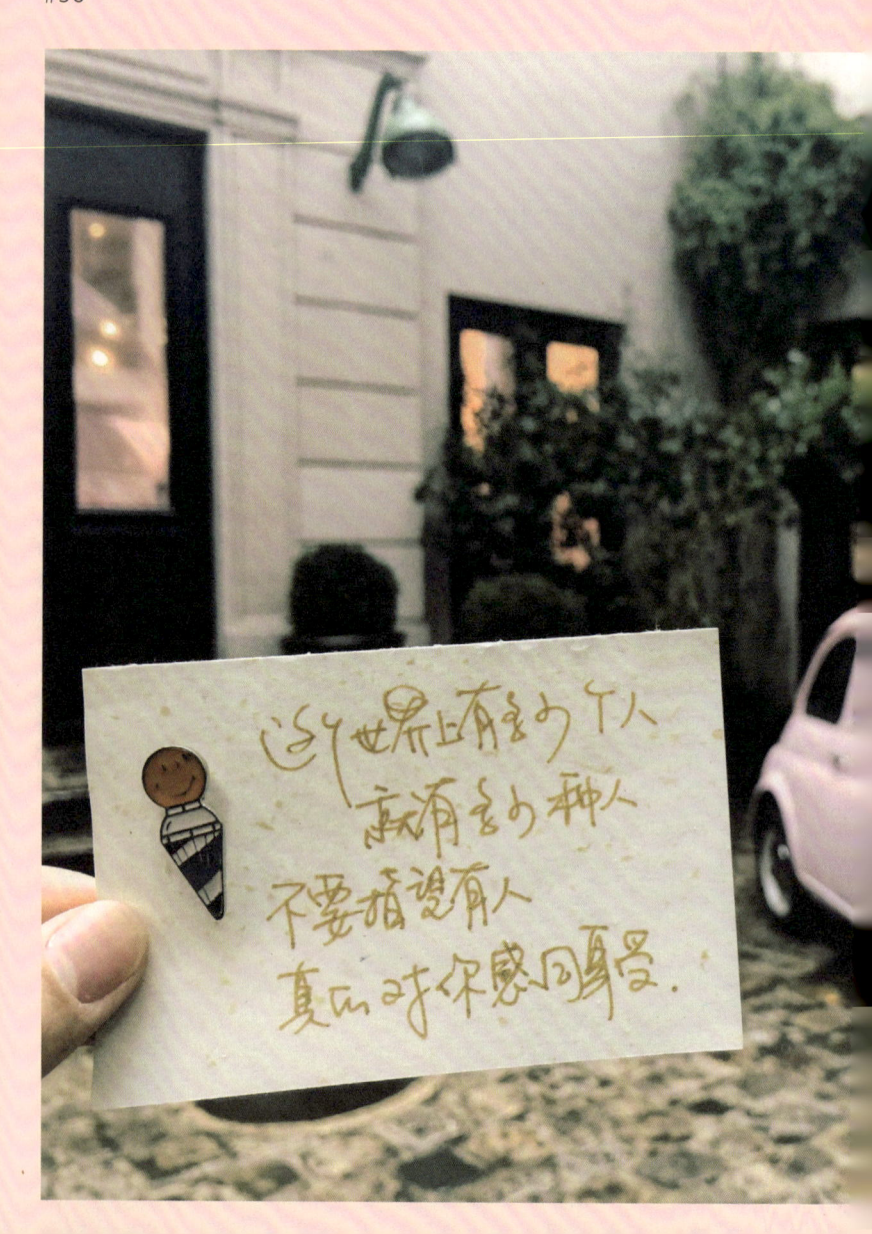

Follow Your Heart

#38

这个世界上有多少个人
就有多少种人
不要指望有人
真正对你感同身受。

#39

Follow Your Heart

#40

#41

你有权利挑选你
最舒适的方式谙暑
为除了你自己
无人看见你的疲惫

Follow Your Heart

#42

#43

Follow Your Heart

#44

#45

Follow Your Heart

#46

#47

Follow Your Heart

#48

#49

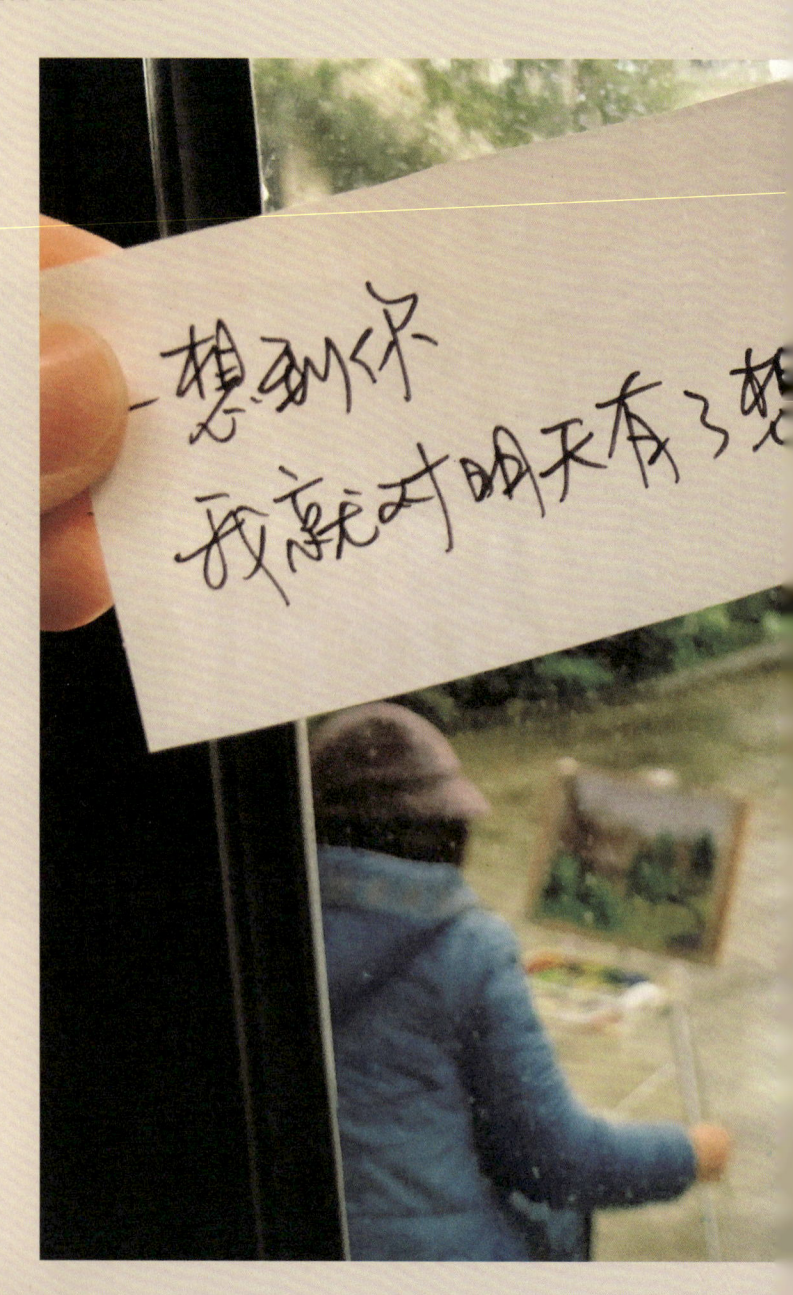

Follow Your Heart

#50

#51

Follow Your Heart

#52

#53

邻美妈

是晴里位罪你

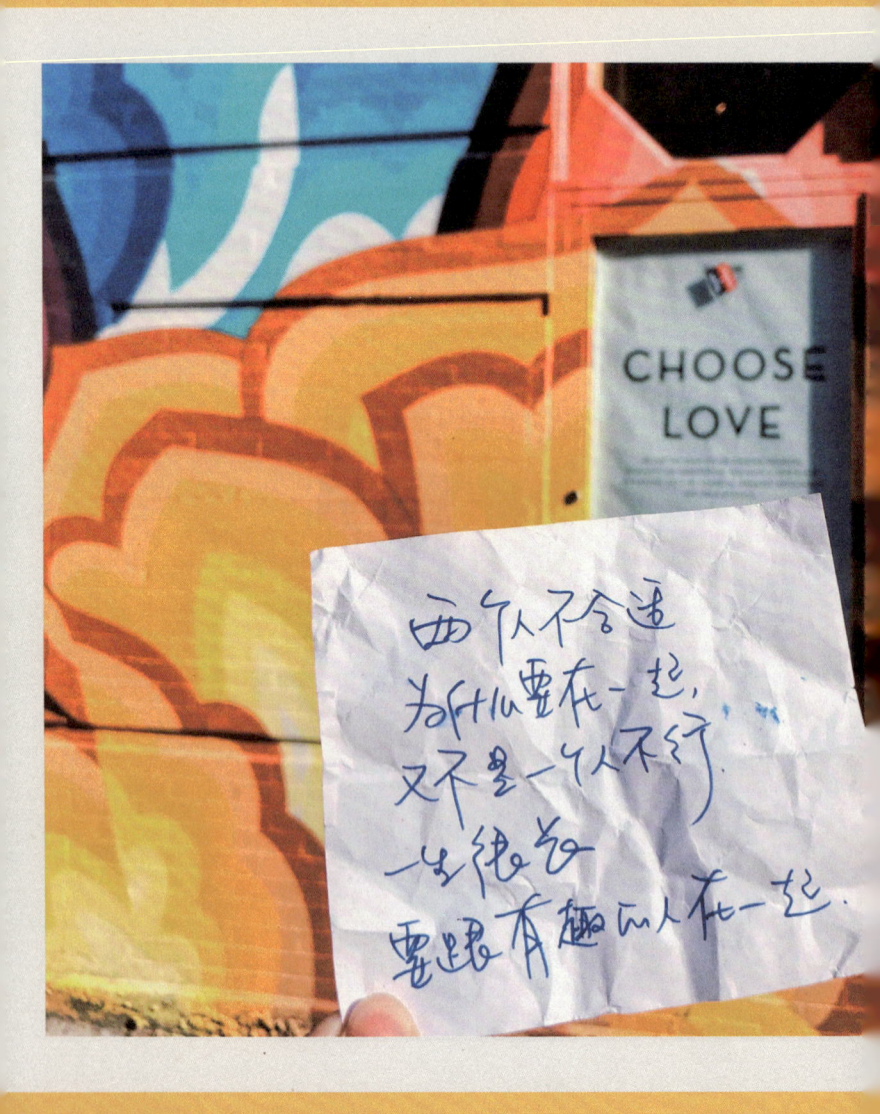

Follow Your Heart

#54

两个人不合适
为什么要在一起,
又不是一个人不行.
一生很长
要跟有趣的人在一起.

#55

Follow Your Heart

#56

一生很长
要跟有趣的人在一起
♡

#57

Follow Your Heart

#58

想成为你的周围
喜欢你的喜欢

#59

这个世界让我变成
……　　轻易骨
但你教会我温柔

Follow Your Heart

#60

#61

Follow Your Heart

#62

靠近一个人要慢一点
确信你能看清他
离开一个人要快一点
不然真的会舍不得

#63

任何关系
到最后
都是相识一场

Follow Your Heart

#64

#65

Follow Your Heart

#66

#67

Follow Your Heart

#68

我们都太寂寞了 / 互道晚安 / 然后各自熬夜

#69

没有什么值得你熬夜，早点睡

Follow Your Heart

#70

#71

Follow Your Heart

#72

人都是在第一个人
的时候
变老的……

#73

Follow Your Heart

#74

人到最后
只会留恋简单的东西

Follow Your Heart

#76

有些你长久以来对抗和
敏感的东西
一旦接受了,反而就消失了

#77

Follow Your Heart

#78

#79

朋友分两种，
你和其他人

Follow Your Heart

#80

#81

Follow Your Heart

#82

"循此苦旅
以抵繁星"

#83

致那个
看见世界真相
仍努力爱它
并无限靠近浪漫
的人

Follow Your Heart

#84

#85

不了解你的人
没资格说着你
处处晴朗

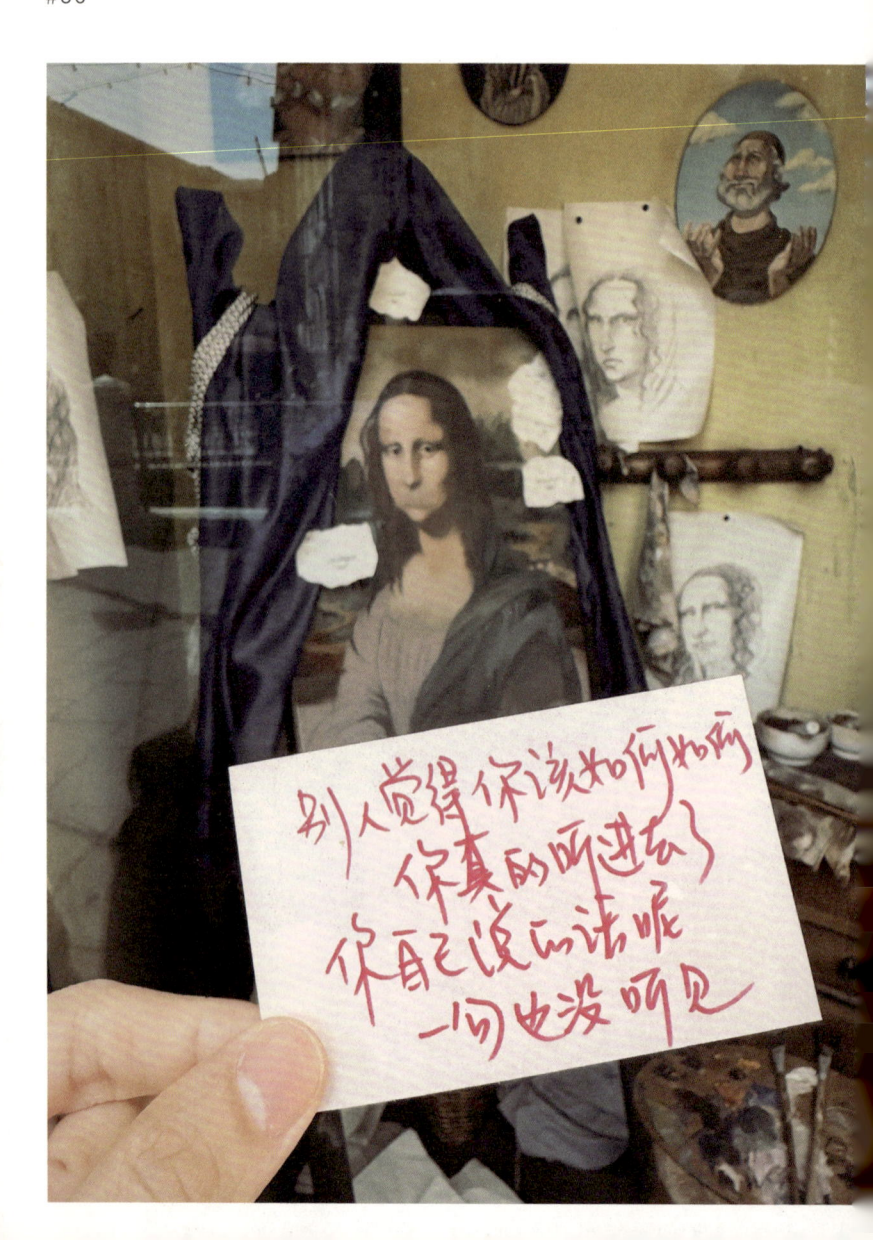

Follow Your Heart

#86

别人觉得你该如何如何
你真的听进去了
你自己说的话呢
一句也没听见

#87

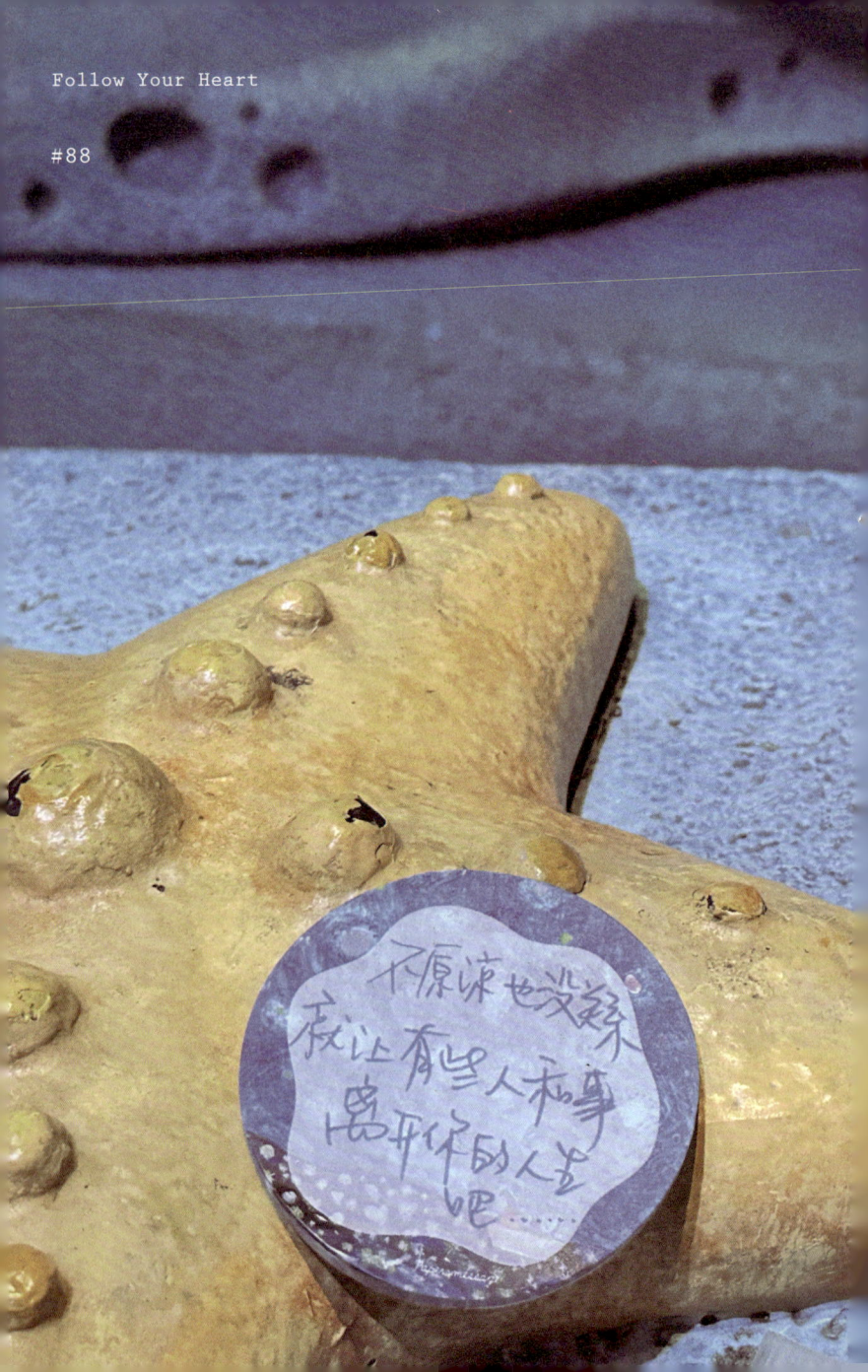

Follow Your Heart

#88

不原谅也没关系
承认有些人和事
离开你的人生
吧……

#89

『在各的に路上我们是朋友
如果有期待
最好是不说……』

Follow Your Heart

#90

我早已生长成
舒适的自我
恐怕要浪费你旺盛的
期待……

Follow Your Heart

#92

#93

Follow Your Heart

#94

聚散有时
来日可期

#95

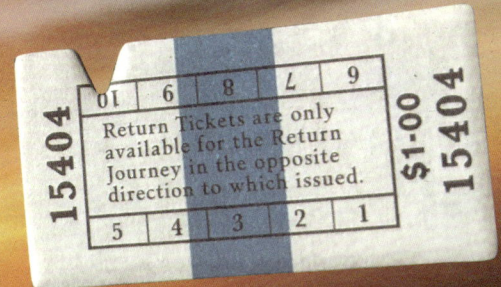

Follow Your Heart

#96